KB253456

보이지
않아도
꿈이
있습
니다

보이지 않아도 꿈이 있습니다

대전맹학교 선생님과 졸업생이
함께 쓴 장애 극복 고군분투기

최규봉 외 지음

살림Friends

미래 사회는 국가 간 교류가 급속히 확산되고, 지식의 생성·소멸 속도가 가속화되는 글로벌 지식 기반 사회입니다.

글로벌 지식 기반 사회에서는 다양한 문화에 대한 소통과 이해, 그리고 지식을 창출하고 활용할 줄 아는 창의적 능력이 요구됩니다. 이에 교육과학기술부는 미래의 주역인 우리 학생들의 소질과 특성, 잠재력을 키울 수 있는 창의·인성교육 확산에 힘을 쏟고 있습니다.

창의·인성교육에 있어서 누구보다 전문성을 가지고 계신 분들은 바로 교육 현장에서 직접 아이들을 지도하시는 선생님들이 아닐까 합니다. '선생님 저자 되기 프로젝트'는 선생님들이 교육 현장에서 체득한 창의적 교수법과 생생한 노하우를 동료 교사들과 함께 나누고, 철학·역사·과학·녹색성장·시민교육 등 다양한 분야의 재미있는 학습 길잡이가 되고자 진행된 사업입니다.

프로젝트의 결실로서 열여섯 권의 책이 발간되었습니다. 저자가 되신 열다섯 팀의 선생님들께 진심으로 축하의 말씀을 드립니다. 바쁜 학교생활 속에서도 시간을 쪼개 좋은 책을 써 주신 선생님들과 책을 출간해 주신 출판사, 한국과학창의재단 관계자께도 심심한 감사의 말씀을 드립니다.

이번에 출간된 책들이 창의·인성교육을 실천하고자 하는 전국의 모든 선생님, 교과서를 벗어나 새로운 지식 탐구를 하고자 하는 학생, 그리고 자녀 교육에 관심이 많은 대한민국 학부모님에게 많은 도움이 되리라 믿습니다.

앞으로도 '선생님 저자 되기 프로젝트'를 계속적으로 진행하여 창의·인성교육을 활성화하고, 대한민국의 미래인 우리 아이들이 각자의 꿈을 키워 갈 수 있도록 지원하겠습니다. 감사합니다.

교육과학기술부 장관

이주호

대전맹학교는 시각장애 학생을 위한 공립특수학교로서 유치원, 초등학교, 중학교, 고등학교(재활과정 포함), 전공과 과정이 병설된 전통 깊은 학교입니다.

'21세기 시각장애 교육은 대전맹학교에서'라는 슬로건 아래 전국 최고의 시설을 갖추고 교사와 학생이 미래를 향한 자기계발에 전념하고 있습니다.

연령과 장애 정도 및 처지가 각기 다른 130명의 학생들과 사랑과 열정이 넘치는 70명의 교직원들이 하나가 되어 내일의 승리를 위한 시나리오를 써 내려갑니다.

이 책 속에는 실명 후 시각장애인들이 남몰래 흘린 눈물과 고뇌 속에서 자신의 운명을 스스로 바꾼 극복 과정과 진지한 삶의 태도를 표현한 글을 추려 담았습니다.

좌절을 용기로, 절망을 꿈으로, 편견을 이해로, 갈등을 화해로, 이기심을 나눔으로, 미움을 사랑으로 바꾸어 나가는 대전맹학교 선생님들과 학생들의 진솔한 이야기를 통해 가슴 뭉클한 그 무엇을 느낄 수 있을 것입니다.

삶이 벅차고 힘겨울 때, 친구에게도 선뜻 털어놓고 싶지 않은 근심이 있을 때, 우울하고 절망스런 심정에 빠졌을 때, 막연한 허탈감 때문에 쓸쓸하다고 느껴질 때, 희망의 등불을 밝힐 에너지가 필요할 때 이 책을 읽으면 어떨까요?

그 누구보다도
스스로를 아름답게 꽃피워
그윽한 향기를 전하고 싶은
당신에게
이 책을 바칩니다

차례

추천사

들어가는 말

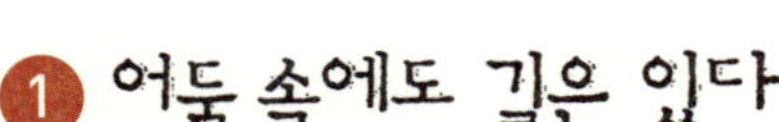

① 어둠 속에도 길은 있다 

영원한 미소로 주신 은혜에 감사하고 싶다 _ 최규붕 선생님 · 15

그날의 승리 _ 김두선 선생님 · 36

실명이 가져다준 삶의 보람 _ 송미경 선생님 · 55

삶의 승리는 꿈꾸는 자의 것 _ 김민선 선생님 · 64

② 다르게 찾아갈 뿐, 우리도 같은 길을 가고 있다

계단 하나를 오른다는 것 _ 이민정 · 73

안 보인다는 것과 나 _ 배응호 · 83

아직 꿈이 있습니다 _ 김정희 · 92

호출택시 513번 _ 문성준 선생님 · 107

3 여기가 바로 천국이다! 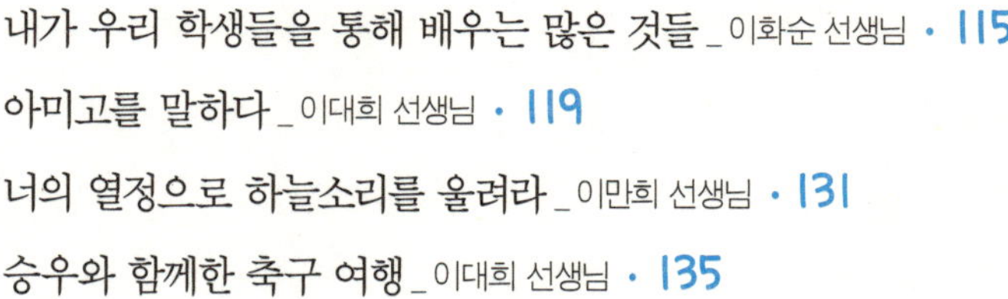

내가 우리 학생들을 통해 배우는 많은 것들 _이화순 선생님 · 115

아미고를 말하다 _이대희 선생님 · 119

너의 열정으로 하늘소리를 울려라 _이만희 선생님 · 131

승우와 함께한 축구 여행 _이대희 선생님 · 135

부록 마음으로 보는 세상 

학교에서 정말 가르쳐야 할 것 _이화순 선생님 · 143

시각장애의 개념과 기본 상식 · 150

시각장애인의 공학 · 163

대전맹학교 소개 · 170

어둠 속에도 길은 있다

시각장애가 열어 준 무한도전의 길

우린 빛이 없어도 당당히 걸어갈 수 있다!
보지 못한다고 해서
세상이 어두운 것은 아니니까!

영원한 미소로 주신 은혜에 감사하고 싶다

—

-최규봉 선생님(문학박사)

11월 7일, 늘 그랬던 것처럼 오늘도 학교에 출근해 교재 연구실로 쓰는 한 평 남짓한 조그마한 방의 문을 여는 것으로 하루가 시작되었다. 조금 전에는 교실에 들어가 어제 수학능력시험을 치른 고3 학생들과 시험에 관한 이야기를 나누었다. 지난주에는 취업반 학생들을 각지의 실습장으로 떠나보냈다. 힘들게 농사를 지어 추수를 끝마친 농부의 마음이 이러할까! 한편으로는 허전하면서도 가슴속 깊은 곳에서는 잔잔한 희열이 솟아오른다. 창밖에 내리는 가을비가 을씨년스럽게 느껴질 수도 있겠건만, 지금 이 순간 나에겐 영롱한

환희의 눈물처럼 느껴진다.

이렇게 비가 오는 날이면 이제는 도시 개발로 흔적도 없이 사라진 고향집이 생각나고, 그 집 마루 끝에 앉아서 드넓게 펼쳐진 들녘을 흐린 눈으로 하염없이 바라보고 있는 한 아이가 떠오른다.

내가 태어나 자라난 고향 마을은 전북 옥구군 임피면 술산리 주산 부락으로, 주소가 특이해 오랜만에 만난 친구들도 기억하고 있는 경우가 많다. 마을 뒤로는 낮은 뒷동산이 있고, 앞으로는 넓은 호남평야가 펼쳐져 있으며, 일제강점기에 미곡을 수탈하여 군산항으로 실어 가기 위해 설치한 군산선 철도가 마을 앞 들녘을 지나가고 있는 평화롭고 넉넉한 곳이다. 그러나 정작 우리 집은 그러한 마을 전경과는 달랐다.

부모님은 이복동생들을 뒷바라지하느라 전 재산을 날리고 남은 초가집 한 채와 천 평 남짓한 밭을 가지고 생계를 꾸려서 6남매를 키우셨다. 요즘처럼 영농 기술이 발달하지 않았던 당시에는 배추, 참외, 수박 같은 채소만 재배했는데, 그것만으로 살림을 지탱하기는 힘들었다. 부모님은 품팔이도

서슴지 않으셨지만, 우리 집은 늘 가난했고 배고픈 날이 많았다. 저녁 끼니를 걱정하시던 어머니가 친척집을 다니며 바가지에 쌀을 꾸어 오시면 안도감이 들었고 빈손으로 오시면 절망했다.

점심 식사가 걱정되어 부엌에 들어가 검은색 가마솥 뚜껑을 열면 찬밥 두 그릇이 있었다. 어머니와 함께 가마니를 치던 큰누나는 아버지와 남자 형제들에게만 식사를 차려 주고 하던 일을 계속했다. 저녁연기가 피어오르지 않던 우리 집에서 하얀 연기가 힘차게 솟아오르는 큰집의 굴뚝을 바라보노라면 초등학교 교장을 하며 잘사시는 큰아버지가 야속하게 느껴지기도 했다.

그러한 환경에서도 우리 부모님은 교육열이 높아서 남들 이상으로 자식을 가르치기 위해 최선을 다하셨다. 그래서 우리의 희망이자 대들보로 여겼던 맏형이 교육대학에 입학했고, 다른 형제들도 우리 동네 실정에서는 학력이 높은 편에 속했다.

1957년 음력 7월 15일, 나는 이러한 가정에서 늦둥이 막내아들로 태어났다. 선천성 시각장애여서 어려운 가정 형편에 설상가상의 부담을 드릴 수밖에 없었다.

나와 처음 만나 대화를 하는 사람들은 늘 실명 원인을 궁금해한다. 흔히 묻는 말이 "선천성은 아니시지요?" "조금은 보이시지요?" "후천적으로 그렇게 되셨나요?" 등이다. 그런 질문을 받으면 나는 "저는 다 짬뽕입니다."라고 웃으면서 대수롭지 않게 말한다. 사실이 그렇다. 내 눈은 선천성 녹내장에 백내장이 합쳐졌고, 그 후 두 차례에 걸친 외상으로 인해 완전히 실명했기 때문이다.

늦둥이인 나는 태어날 당시에는 매우 순하고 건강해 보였다. 그러나 밖에 업고 나가기만 하면 칭얼거리기에 눈을 보니 하얀 백태가 끼어 있었다. 백내장이었다. 거기서 그치지 않고 눈이 파란 빛을 띠며 커졌고 점점 안압이 높아졌다. 녹내장도 겹쳤던 것이다. 신경을 쓰거나 글씨 같은 것을 잠시라도 집중해서 보면 눈과 머리가 더욱 아파 왔다.

그래서 언제부터인지는 모르지만 이마를 방바닥에 붙이고 엎드려 있는 습관이 생겼다. "엎드려 있으면 복 달아난다."라며 꾸중하시는 어른들 말씀을 잔소리로 듣고 무시할 수밖에 없었다. 그래서인지 내 이마는 지금도 가로로 판판하게 되어 있다. 그러나 그러한 고통보다도 더 나를 괴롭히는 것은 마음의 상처였다. 자의식이 싹트면서 마음의 상처는 점점 깊어만 갔다.

어렸을 때는 일부 철없는 아이들이나 나를 처음 보는 옆 동네 아이들이 "쇠눈깔!" "눈봉사!"라고 놀려 댔다. 그럴 때마다 내 마음은 움츠러들었다. 몸은 몹시 약했어도 힘은 또래 아이들보다 세서 팔씨름이나 씨름을 하면 모두 이길 정도였건만, 놀림을 받으면 괜히 풀이 죽어 그대로 당하고 말았다. 그러면 집에 돌아와 방에 엎드려 혼자 슬피 울곤 했다. 간혹 나보다 세 살 많은 둘째 형이 나를 놀린 아이들을 두들겨 패 주는 것으로 위안을 삼기도 했다.

우리 집 근처에는 조그마한 기차역이 있어서 통학 시간이 되면 많은 이웃 동네 학생들이 우리 집 앞을 지나갔는데, 이때 형제들은 나를 밖에 나가지 못하게 했다. 시력도 점점 떨어지는 것 같았다. 친구들이 학교에 들어가면서 나는 혼자 놀거나 나보다 어린 아이들과 놀곤 했다. 이러한 일들이 나를 점점 위축시켰고, 매사에 자신감이 없는 성격으로 만들었다. 그러나 불행은 결코 그 정도에서 끝나지 않았다.

1968년 5월 9일 저녁, 열두 살이 되던 해. 그날은 비가 내리고 있었다. 일곱 살 터울의 막내 누나는 나를 각별히 사랑해 주었고, 나도 누나를 좋아했지만 자주 심술을 부리곤 했다. 그날 나는 습관적으로 방에 엎드려 있었고, 어머니는 건넌방에서 기르는 누에를 돌보고 계셨다. 누나가 들어와 어머니가 일하시는 모습을 보고 있을 때, 나는 또 심술기가 발동했다. 갑자기 일어나서 누나의 어깨를 잡고 매달리기 시작했는데, 누나가 짜증이 났는지 오른팔을 뒤로 밀쳤다. 순간, 날카로운 충격이 느껴졌다. 누나의 팔꿈치가 오른쪽 눈에 정확하게 닿은 것이다. 그 순간 '이제 죽는구나!' 하는 강한 절망감이 밀려와 힘없이 쓰러졌다. 그러다가 나도 모르게 일어나 펄쩍펄쩍 뛰면서 목 놓아 울부짖기 시작했다. 눈이 파열된 것이다. 확대된 내 눈은 눈썹이 있는 미궁과 거의 비슷한 높이여서 충돌 위험에 노출되어 있었다. 그래서 항상 불안했다.

그 일이 있기 3개월 전, 친척의 소개로 그 당시 이리에 있던 '이안과'에 가 본 적이 있다. 진단 결과, 시력은 어찌할 수 없고 수술하여 물을 빼내면 안구는 축소할 수 있다고 했다. 부모님은 단순히 실망하시는 것으로 끝났지만, 나는 다칠 위험이 있기 때문에 꼭 수술을 하고 싶었다. 하지만 어려운 가정 형편을 잘 아는 나로서는 차마 그런 바람을 말할 수 없었다. 그런데 그 염려와 불안감이 현실로 다가온 것이다. 나는 병원에 있는 동안 막연하나마 원래대로라도 회복되기를 바랐다. 그러나 그 바람은 어린 나의 무지한 의학적 지식에서 비롯된 오해에 불과했다. 말해 주지 않으려는 누나를 조른 끝에 내 눈을 의안으로 대치해야 한다는 설명을 들었다. 또 한 번 절망감과 서러움이 북받쳐 거즈 안대가 흠뻑 젖도록 울었다.

그 후에는 왼쪽 눈의 시력마저 앞의 큰 물체나 겨우 보일 정도로 약해졌고, 마음이 더욱더 위축되어 집 밖으로는 일절 나가지 않았다. 그로부터 4년간, 집이 생활공간의 전부였고, 가족들이 유일한 대화 상대였다. 밤이면 암울한 현실과 불확실한 미래를 생각하며 괴로워했고 스스로 만들어 놓은 상념의 늪에 빠져 허덕이다가 아무도 몰래 베개를 축축하게 적시도록 눈물을 흘렸다. 그 기억을 떠올릴 때는 지금도 가슴이 저며 온다.

그 시절 나의 유일한 벗은 음악이었다. 소질은 없지만 어

릴 때부터 음악에 흥미가 있었다. 악기가 없던 열 살 이전에는 장롱 서랍에 음높이를 달리한 고무줄을 감아 놓고 가야금처럼 튕기며 놀았고, 열 살 무렵에는 하모니카를 즐겨 불었다. 열세 살부터는 둘째 누나가 월남에 가면서 두고 간 기타를 혼자 익혔다. 그것이 내가 위로받으며 시간을 보낼 수 있는 유일한 방편이었다. 그때 형성된 음악적 감성이 훗날 맹학교에서 음악용 톱을 비롯한 여러 가지 악기를 배우고 활발히 음악 활동을 하는 힘이 되었다. 또 그렇게 해서 길러진 약간의 음악적 기능이 특기가 되어 음악을 공부하는 아내와 만날 수 있었고, 학교에서 4년간 브라스 밴드부를 지도할 수도 있었다.

그런 생활을 반복하던 중, 1973년 3월 5일에 열여섯 살의 나이로 집과 그리 멀지 않은 모 맹학교에 초등부 1학년으로 입학했다. 그 전에는 맹학교라는 곳을 알지도 못했고, 알게 된 후에도 특정한 곳에 고립되는 것 같다는 편견 때문에 망설이고 있었다. 그러다 막내 누나의 적극적인 주선으로 입학을 결정했다. 맹학교와 맹인들을 만나 인연을 맺는 첫 계기였다. 그곳에서 만난 첫 은사님에게 받은 은혜는 지금도 잊을 수 없다. 선생님은 점자와 초등 수학의 기본을 가르쳐 주셔서 기초가 매우 부족한 내가 고학년에서 공부하는 데 큰 어려움이 없도록 해 주셨다. 나도 이제 공부할 수 있게 되었다는 기쁨이 컸지만, 열악한 교육 환경과 배고픔은 견디기 어려웠다. 그 학교에서 1년 정도 지냈는데, 같이 지내던 친한 형이 나를 걱정하여 대전맹학교를 소개해 주었다. 그래서 같은 해 12월, 용기를 내어 그곳을 나와 대전맹학교 4학년으로 입학 허가를 얻었다.

30평 남짓한 허름한 건물 내부에 합판으로 칸막이를 한 영세한 학교였지만, 공립이었고 정겨운 선생님들이 여러 분 계셨으며 학교의 체계가 잡힌 곳이라는 생각에 흐뭇했다. 다음 해 3월에 5학년이 되어 본격적으로 수업에 참여할 수 있었다. 쉬는 시간에 밖에 나와 따뜻한 봄 햇살을 받으며 서 있노라니, 검은 교복을 입은 모습이 스스로 자랑스러웠다. 남보다 조금 늦긴 했지만 나도 이제 5학년이라는 사실에 뿌듯했다. 부족한 식사량 때문에 늘 배고팠지만 같은 입장에 놓인 친구들과 즐겁게 지내며 열심히 공부했다. 그 결과, 초등부를 1등으로 졸업할 수 있었다.

그렇게 정든 학교를 떠나기는 몹시 싫었지만 '대학 진학'이라는 목표를 이루기 위해 서울맹학교에 진학했다. 그곳은 학교 규모가 크고 1식 1찬일지라도 식사 제공량이 많아 배고픔을 면할 수 있어 좋았다. 그러나 모든 것이 낯설고 선배들이 무서워서 적응하는 데 한 학기나 걸렸다. 거기에다 나를 힘들게 한 시련이 일어나고 말았다. 입학한 지 한 달이 채 못되었을 때 나머지 한쪽 눈마저 잃게 된 것이다.

열아홉 살이 되던 1975년 3월 27일, 특별활동으로 유도 수업에 들어가기 위해 유도복을 입고 기숙사에서 내려오는 길에 나보다 키가 작은 한 학생이 뛰어오면서 이마로 내 눈을 정통으로 치받았다. 순간 햇빛이 빨간 빛깔로 변하더니 이내 사라졌다. 그때는 통증도 느낄 수 없었고 그저 어처구니가 없어서 "이 눈마저⋯⋯!"라고 중얼거렸던 것 같다. 조금 떨어진 곳에서 그 광경을 본 같은 반 친구가 훗날 농담 삼아 말하기를 웃는 것인지 우는 것인지 모르겠더라고 했다. 이로써 나는 빛마저 구별할 수 없는 완전맹이 되고 말았다. 그러나 충격은 전에 비해 크지 않았다. 다만 익산에 있는 안과에 내려와 적출수술을 받고 나서 의사 선생님이 양쪽 눈에 의안을 번갈아 넣고 있을 때, 잠시 동안 가슴 저린 참담한 심정을 가누기 어려웠을 뿐이다. 그래도 공부에 전념하여 처음부터 1등을 놓치지 않았다.

고등부에 진학했을 때는 대학 진학과 취업의 양 갈래 갈림길에서 갈등했다. 학교 공부는 잘했지만, 학습 자료도 전혀 없이 혼자서 별도로 대학 입시 공부를 해야 하는 당시 상황도 어려웠다. 학비 후원은 기대할 수 없었고, 대학을 졸업한다 해도 전망이 불투명했다. 그래서 고민 끝에 1년 반 이상 공부를 접은 적도 있었다. 그 기간은 결코 편하지 않았다. 어릴 적, 고향 집의 방 안에 앉아 있을 때 끼리끼리 등교하는 아이들의 모습을 마냥 부러워했던 일들이 생각났다. 나는 패배감에 빠져 허우적거렸다. 그러나 그러한 마음 때문에 다시 입시 준비에 전념할 수 있었다.

물론 원하는 만큼 잘되지는 않았다. 그때 자원봉사자 대학생들이 학습 지도를 해 주었는데, 그중 생물을 가르쳐 준 박성민이라는 간호학과 여학생은 1분도 지각하지 않고 찾아와 열심히 지도해 주어 큰 도움이 되었다. 또 미국에서 간호사로 일하면서 물질적으로 후원해 준 둘째 누나의 도움은 내 중·고등학교생활을 지탱해 준 큰 힘이었다.

공부가 부실해 크게 기대하지는 않았지만, 학력고사 점수는 예상보다 훨씬 낮았다. 고심 끝에 대구대학교 특수교육과에 진학하기로 결심했다. 원래 목표한 학교는 아니었지만, 전공하고 싶던 학과였기 때문이다. 지금 생각해 보면 선택을 잘한 것 같다. 그런데 합격을 하고 보니 학비가 문제였다. 간신히 큰형의 도움으로 첫 학기를 등록할 수 있었고, 고맙고 다행스럽게도 그다음부터는 은행에 취업한 둘째 형이 학비와 생활비를 지원해 주었다.

맹학교에서만 공부하다가 일반 대학에서 정안 학생들과 공부하기란 쉬운 일이 아니었다. 처음 몇 개월 동안은 하숙을 했지만 부족한 생활비로는 감당할 수 없어서 길가에 조그마한 방을 얻어 자취를 했다. 스스로 연탄을 갈기 위해 철사로 핀셋 모양을 만들어 연탄구멍을 맞추는 방법을 고안해 냈고 김치를 담가 찌개 끓이는 법을 터득했다.

그러나 그때 나를 힘들게 한 것은 빈궁한 자취 생활이 아니라 학과 공부였다. 점자 교재가 전혀 없었으므로 강의를 모두 녹음해 집에 와서 들으며 노트 필기를 해야 했는데, 칠판에 쓰거나 교수님의 발음이 불분명한 것은 그대로 포기할 수밖에 없었다. 그보다 더 어려운 것은 교재를 시험 전까지 녹음하고 리포트를 처리하는 것이었다. 그래서 급할 때는 서클실을 찾아다니며 구걸하듯이 녹음과 대필을 부탁했다. 그것도 수월치 않을 때는 점자지에 점을 찍어 일일이 네모 칸을 만든 다음 녹음 자료를 들어 가며 리포트를 직접 써서 제출하기도 했다. 그러나 교수님들이 그런 성의를 알아줄 리 없었다.

지금 와서 생각해도 대학 생활 전반기는 긴장과 고독의 연속이었다. 후반기에 첫 짝사랑으로 열병을 앓은 일을 제외하고는 그런대로 잘 꾸려 나갔던 것 같다.

가슴속에 회한을 남긴 채 4년의 세월이 흐르자 나는 학사모를 쓰게 되었다. 당연히 보람과 기쁨을 만끽해도 될 법한데, 그때의 심정은 그렇지 못했다. 취업이 되지 못한 것은 물론이고 앞으로의 가능성도 희박했기 때문이다. 중학교에 특수학급이 처음 신설되어서 정안인 친구들은 모두 취업해 나가고, 나와 맹인 친구 둘만 남았다. 그동안 후원해 주던 둘째 형이 미국 유학을 떠나서 타지 생활을 더 이상 유지할 수 없었기 때문에, 어쩔 수 없이 귀향을 결심하고 가방 하나를 들고 고속버스에 몸을 실었다.

그때는 그저 편히 쉬고 싶다는 생각밖에 없었다. 하지만 시간이 지날수록 고향 생활은 나를 점점 참담하게 만들었다. 만 13년간 객지에서 오직 현실을 극복하기 위해 고생하며 노력했는데, 왜 암울했던 어린 시절의 기억이 생생한 곳으로 다시 돌아와야만 하는가! 취업을 위해 나름대로 노력해 보았지만 13개 맹학교 중에 내가 들어갈 자리는 없었다.

교직에만 집착할 수는 없어서 침술원을 해 볼까 하는 마음도 들었다. 그래서 현장을 두루 견학해 보고 가족들을 설득해 보았지만 경제적인 문제 때문에 포기했다. 절망의 수렁에서 헤어나기 위해 서울에 있는 '바디메오 음악선교단'에 들어가 잠시 활동도 해 보았다. 그렇지만 맹인들에 대한 동정과 측은지심에만 호소하는 단장님의 선교 방침을 수용하기 어려웠고, 나를 꼭 필요로 하지도 않는 것 같아서 다시 짐을 꾸려 집으로 돌아왔다.

그런데 뜻하지 않은 낭보를 접했다. 대전맹학교의 교사 충원을 위해 순위고사가 있을 것이라는 기쁜 소식이었다. 곧바로 대구에 가서 후배 집에서 지내면서 시험 준비에 전념했다. 그때 관련 문제집을 녹음해 준 후배들과 지금의 내 아내에게 고마운 마음이 든다. 예상대로 시험 공고가 정식으로 났고, 1985년 12월 8일, 국어교사 1명을 뽑는 공개경쟁 시험에 나와 정안인 2명이 응시했다. 사활을 건 시험이었으므로 불안하기는 했으나 자신 있었다. 수험장 밖에서 추위에 떨면서 아들의 승리를 기원하신 노부모의 간절한 마음도 큰 보탬이 되었을 것이다. 합격 발표가 있던 날, 대구에 있는 후배 집에 있던 나는 현재 내 아내인 여자 친구로부터 그 기쁜 소식을 듣게 되었다. 당시의 기쁨이야 어찌 말로 표현할 수 있을까!

부임하기 1개월 전, 직장 생활 적응을 위해 학교 근처 산동네에 허름한 자취방을 얻어서 희망찬 생활을 시작했다. 그리고 그동안 불안정했던 형편 때문에 거리를 두고 사귀어 왔던 여자 친구와 결혼 약속을 했다. "나 외의 다른 여자와 결혼하지 마세요."라는 표현이 어설픈 결혼 제의에 대한 그녀의 답이었다.

1986년 3월 2일, 드디어 발령장을 들고 모교인 대전맹학교에 학생이 아닌 교사로 첫 출근을 했다. 맹인 교사라서인지 환영하는 분위기도 아니었고, 나 역시 여러 면으로 미숙한 점이 많아 학교생활에 다소 어려움이 있었다. 하지만 학생들과 같이하는 시간은 즐겁고 보람 있었다. 말썽을 부리는 학생이 있는가 하면, 그 일로 마음 상해 있을 나를 생각해서 맥주 한 병을 사 들고 집까지 찾아와 위로하는 학생도 있었다.

대한민국의 모든 선생님들이 그러하려니와 나 또한 학생들을 지도하는 시간은 여전히 행복하다. 적성에 맞는 교직을 현명하게 선택해서 보람을 느끼며 일하고 있으므로, 교직은 나의 천직이라고 당당히 말하고 싶다.

대다수의 학생들은 졸업 후에 성실히 돈을 벌어 자립해 살고 있고, 그중에는 부모를 부양하고 동생들을 교육시켰다는 감동 어린 소식도 들려온다. 해마다 몇 명씩은 대학에 진학하고, 그중에서 교사가 되어 모교로 돌아온 일고여덟 명의 제자들은 특히 내 마음을 든든하게 한다. 전국 규모의 국악 경연 대회에 나가 정안 학생들을 물리치고 최우수상을 수상한 제자도 있다. 선생님의 목소리가 듣고 싶어 전화했다면서 간절하고 진지한 목소리로 "선생님, 꼭 건강하셔야 돼요!"라고 말한 만학도 여대생의 전화 한 통도 내 가슴을 찡하게 한다.

학교생활과 더불어 나에게 가장 소중한 것이 있다면, 바로 가정이다. 나는 1986년 5월 16일, 집안의 반대와 갈등을 극복하고 아무런 준비도 없는 상황에서 결혼해 산동네의 자취방에서 살림을 시작했다. 사글세 30만 원짜리였으므로 주방에 상하수도 시설조차 없었고, 두 사람이 겨우 누울 수 있는 공간에 비키니 옷장과 책상 한 개를 놓은 게 고작이었다. 하지만 마음만큼은 부유하고 행복했다. 학교에 있는 나를 생각하면 가슴이 떨린다는 아내는 언젠가 창호지에 사랑의 글을 써서 우편으로 보내와 선생님들의 놀림을 받게 했다. 한 벌밖에 없는 양복바지를 사흘이 멀다 하고 빨아서 금방 해지게 만들기도 했다. 같은 해 10월, 우리는 결혼식을 간소화해서 남긴 돈과 저축금으로 단독주택 옆에 딸린 300만 원짜리 전세방과 약간의 가재도구를 마련했다. 돌이켜 보면 그

때가 내 집을 마련한 때보다 더 기뻤던 것 같다.

의식주 문제가 해결된 뒤에는 서로의 학문적 발전을 염두에 두고 노력해야 한다고 생각했다. 가야금을 공부해 온 아내는 목원대학교에 입학해 가야금을 전공했다. 그리고 나는 대구대학교 교육대학원에 입학했다. 아내가 처음 등교하던 날, 임신한 아내의 손을 잡고 함께 집을 나서면서 흐뭇해했던 일이 지금도 생생하다. 1988년 9월 9일 우리의 소망인 아들이 태어났고, 1990년 3월 3일에는 사랑하는 딸도 태어났다. 정말 하나님이 주신 최고의 선물이 아닐 수 없었다. 적은 봉급으로 학비, 양육비, 생활비, 부모님 용돈, 인상되는 전세금을 쪼개 써야 하는 빈궁한 생활도, 종종 아내를 대신해서 아이들을 돌봐야 하는 상황도 결코 힘들게 느껴지지 않았다.

1993년 6월 13일, 우리 가족은 여섯 차례의 이사 끝에 내 집 마련의 꿈을 이루었다. 아이들도 건강하게 잘 자라 주고 전공을 살려 활발히 일하는 아내 덕분에 생활환경은 점점 윤택해졌다. 행복의 조건을 현실적으로도 갖춘 것이다.

나는 어린 시절 나와의 약속을 지키기로 했다. 고향 집에서 무의미한 나날을 보내면서 언젠가는 공부로나마 장애 현실을 반드시 극복하고야 말겠다는 다짐 말이다. 그래서 계속해서 공부하고 싶다는 아내부터 대학원을 끝마치게 한 후, 2000학년도에 대구대학교 특수교육과 박사과정에 입학했다. 늦은 나이에 시각장애인으로서 공부한다는 것은 쉽지 않았지만, 컴퓨터와 통신망, 아들과 자원봉사자들의 도움으로 수월하게 해낸 것 같다.

나는 하나님께 나로 인해 가슴에 못이 박힌 부모님과 소중한 내 처자식들을 위해 일할 수 있는 힘을 주신 것에 감사하고, 나와 같은 처지의 학생들을 가르칠 수 있는 기회와 능력을 주신 것에 감사하며, 이런 일들에 감사할 줄 아는 지혜를 주신 것에 감사한다. 오늘의 이 행복은 내 노력의 결과라기보다는 그동안의 아픔과 부족함을 위로하고 채워 주시려는 신의 은혜다. 내 그릇에 넘치도록 주신 큰 은혜이다.

그 은혜에 늘 감사하며 앞으로는 베푸는 삶이 계속되기를

기원해 본다. 끝으로 롱펠로의 '인생찬가' 중에서 몇 구절을
적어 보면서 이 글을 맺고자 한다.

우리가 가야 할 곳, 혹은 가는 길은

향락도 아니고 슬픔도 아니며

내일이 오늘보다 낫도록 행동하는 바로 그것이 인생이니라.

아무리 아름다울지라도 미래는 믿지 마라.

죽은 과거는 죽은 채 묻어 두라.

행동하라! 살아 있는 현재에 행동하라.

속에는 마음이 있고 위에는 신이 있다.

위인들의 모든 생애는 가르치나니

우리도 장엄하게 살 수 있고

떠날 때엔 시간의 모래 위에

우리의 발자국을 남길 수 있음을.

아마 먼 훗날 다른 사람이

장엄한 인생의 바다를 건너가다가

외로이 부서질 때를 만나면

다시금 용기를 얻게 될 발자국을.

그대여, 부지런히 일해 나가자.

어떤 운명에도 무릎 꿇지 말고

끊임없이 이루고 바라면서

일하고 기다리기를 힘써 배우자.

그날의 능리

-김두선 선생님

하루의 날씨는 그날 정확하게 알 수 있다. 아무리 과학이 발달하여 기상 변화를 미리 예측할 수 있다 하더라도 어디까지나 통계적인 확률이다. 정작 확실한 날씨는 그날의 기류가 정한다. 예상치 못한 지진도 있고 돌풍도 있어서 기상이변이 일어나기 마련이다. 기상 예측이 빗나갈 수 있는 것처럼, 우리의 삶도 그렇다.

나는 세 살 되던 해 봄에 실명했다. 처음에는 단순한 감기로 알았는데 점점 기력을 잃고 고열에 시달렸고, 설사와 구토를 했다. 나를 데리고 병원에 간 어머니는 듣지도 보지도 못한 '결핵성 뇌막염'이라는 병명을 들었다. 살림이 어렵다는 말에 의사는 소개장을 써 주면서 '메리놀 아동자선병원'이라는 곳으로 찾아가면 무료 치료를 받을 수 있다고 말해 주었다. 어머니는 나를 업고 1년 반 동안 하루도 빠짐없이 매일 새벽 병원에 가셨다.

당시만 해도 우리나라는 전체적으로 어려운 살림이라서 무료 병원에 사람이 많았다. 치료 시간은 선착순이어서, 그 시간 내에 들어갈 수 있는 환자까지만 치료를 받았고 나머지는 돌아가야 했다. 나를 업고 나서면 사람들은 죽어 가는 아이를 업고 어디로 가느냐고, 얼른 집으로 가라고, 소용없는 일이라고, 아이는 곧 죽을 것이라고 엄포를 놓았다. 하지만 어머니는 결코 포기하지 않고 열심히 병원을 찾으셨다. 그 덕분인지 나는 차츰 나아지기 시작했다. 사지가 조금씩 원래대로 돌아오기 시작하고 흰자위밖에 없던 눈동자도 서서히 좋아지기 시작했다. 그리고 여느 아이들처럼 엎드리고, 일어나 앉고, 기고, 일어서면서, 차츰 운동을 하기 시작했다.

3년쯤 지났을 때는 시각을 제외한 모든 장애에서 회복되었다. 완전 실명이 되지 않은 것만 해도 천만다행이었다. 의

사는 이렇게 말끔하게 나은 경우는 천 명 중 하나나 있을까 말까 한 기적이라는 말을 했다. 나는 비록 장애를 갖고 태어났지만 불행하기만 한 사람은 아니었나 보다.

실명한 이후에는 세 살 위의 오빠와 세 살 아래의 여동생 사이에서 여느 아이들처럼 밖에 나가서 동네 친구들과 놀이를 하고 뛰어다니며 놀았다. 땅따먹기, 고무줄놀이, 공 튀기기 등은 잘할 수 없어서 주로 친구들의 옷을 지켜 주거나 고무줄을 잡아 주거나 놀이 점수를 기억했다가 승패를 가름해 주며 어울려 놀았다.

여덟 살이 되어 초등학교에 입학할 때가 되었다. 그 당시 우리는 부산에서 살고 있었는데 '맹학교'에 대해 전혀 알지 못했다. 그저 막연하게 지금은 학교에 갈 수 없으니 눈이 나으면 간다고 미루고 있었다. 그러던 어느 날 이웃 아주머니가 말했다. 어느 장님이 누에알 같은 게 꽉 박혀 있는 책을 가지고 점을 치고 있었는데, 그것을 학교에서 배웠다고 하더라고. 아마 이런 아이들이 다니는 학교가 있기는 한 모양이라고. 그러나 부모님은 그 말을 듣고 어떻게 점을 가르치는 학교에 보내느냐고 말씀하셨다. 그렇게 2년이 지나 열 살이 되던 해

뜻밖에 맹학교를 알게 되었다. 마침 아버지 친구의 친구 분이 그 당시 부산맹학교 서무실에서 근무하고 있었던 것이다. 그분의 소개로 5월이 되어서야 맹학교에 입학했다.

통학과 기숙사 입사라는 두 가지 선택이 있었는데, 어린 나로서는 집을 떠난다는 것은 상상도 할 수 없었다. 그리하여 버스를 갈아타고 다녀야 하는 통학 전쟁이 시작되었다. 처음에는 어머니가 데리고 다녔고 두어 달 지나서부터는 당시 집에서 대학을 다니던 삼촌과 외삼촌까지 동원되었다. 그러다 2학기가 되었을 때 하늘의 도움인지 학교 앞을 거쳐 집 근처까지 바로 가는 시내버스가 생겼다.

혼자서 버스를 타기 시작했을 때에는 항상 버스의 행선지를 물어서 탔다. 그러나 매일 남에게 묻는다는 것은 성가신 일이었다. 불친절한 안내양은 짜증을 냈고 간혹 대답조차 하지 않고 떠나 버릴 때도 있었다.

그래서 매우 불편하던 차에 같은 반 약시인 친구가 버스 번호가 쓰여 있는 곳을 가르쳐 주었다. 그 당시에는 버스의 앞 모서리와 뒤 모서리에 번호가 쓰여 있었다. 그래서 그때부터는 버스가 멈추면 버스 맨 뒤로 가서 번호를 확인하고는 앞으로 달려가서 탔다. 큰 소리로 물어보거나 안내양의 짜증 섞인 목소리를 듣지 않아도 되어 좋았다. 그러나 때로는 번호를 보고 있는 사이에 버스가 떠나 버려서 속상할 때도 많았다.

6학년 여름에는 아버지가 이직해서 온 가족이 서울로 옮기게 되었다. 오빠도 동생도 모두 전학을 했다. 나도 졸업반이긴 했지만 집을 떠나 있기 싫어서 서울맹학교로 전학했다. 서울에서도 역시 버스를 갈아타야 하는 통학이 기다리고 있었다. 처음에는 기숙사에 입사했다. 그러나 빈대들이 극성을 부려 잠을 잘 수 없었다. 그래서 주말에 데리러 온 동생과 버스를 타고 유심히 살펴보니 버스를 갈아타는 곳은 급격한 우회전 직후의 정류장이었다. 두 번째 버스는 긴 터널을 지난 뒤의 두 번째 정류장에서 내리면 되었다. 그 정도면 혼자서 다닐 수 있을 것 같았다. 그 길로 다시 통학 전쟁이 시작되었다.

그렇게 통학을 하던 중학교 3학년 때의 일이다. 아침에 서울에는 약 30분 동안에 갑자기 8센티미터 정도 쌓이는 많은 눈이 퍼부었다. 적설량 자체는 많지 않았지만 갑자기 한꺼번에 내렸다는 것이 문제였다.
제설 작업이 미처 이루어지
지 못해서 교통 대란이 일어
나고 말았다. 그러나 등교에
대한 아무런 지시가 없었기
에 여느 때와 같이 집을 나

섰다. 첫 번째 버스는 요행히 잘 탔다. 문제는 그다음이었다. 버스를 갈아타는 곳에 갔더니 노선 중간에 있는 고갯길 때문에 버스가 나가지 못한다는 것이었다. 버스 기사는 알아서 가라고 하면서 사무실로 돌아가 버렸다.

　버스 안에 앉아 있던 승객들은 할 수 없이 버스에서 내렸다. 나도 따라 내렸다. 길에는 눈이 가득했고 찻길에는 오고가는 버스도 한 대 없었고 어쩌다가 지나가는 작은 차들은 엉금엉금 기었다. 집과 학교로 가는 방향을 바라보고 잠시 서 있다가 학교를 향해 걷기 시작했다. 길은 미끄러웠고 다시 눈이 내렸다. 베 운동화를 신은 발은 시리다 못해 열이 나서 화끈거렸고 가방을 든 손도 후끈거렸다. 예의 그 고갯길에서는 대책 없이 미끄러져서 엉덩방아를 찧었다. 걸어가는 도중에 제설작업을 하는 인부들이 염화칼슘을 뿌려서 눈을 녹인다고 야단법석이었다. 그렇지만 추운 날씨 때문에 염화칼슘으로 녹았던 눈이 다시 얼어 얇은 얼음 막이 생겼다. 얼음 막은 밟으면 쉽게 깨졌고 그 밑에 고인, 물도 눈도 아닌 뭔가가 질퍽거렸다. 그렇게 해서 버스로 가면 약 20분이면 충분하던 거리가 1시간 반이나 걸렸다. 그 뿌듯한 성취감 때문인지 나는 3년 개근상을 탈 수 있었다.

고등부 3학년이 되었을 때는 일본 유학을 생각했다. 졸업 반이 되어 앞으로의 진로를 정해야 하는데 마땅한 것이 없었다. 그러던 중에 어떤 선생님께 일본 이야기를 전해 들었다. 일본에 가면 침술, 구술, 안마 마사지 지압술을 3년간 전공으로 배울 수 있는 전공과가 있고, 그곳을 졸업하면 국가자격시험을 거쳐 자격증을 얻을 수 있다고 했다. 지금 우리나라의 어느 맹학교에는 그 자격증을 가지고 와서 교사가 된 사람도 있다고 했다. 귀가 솔깃했다. 그러지 않아도 어떻게든 침술을 좀 더 배우고 싶었기 때문에 마음이 끌렸는데, 교사도 될 수 있다니! 그러나 자신이 없었다. 우리나라에서도 집에서 떨어지기 싫어서 맑은 날이나 궂은 날이나 12년을 한결같이 버스로 통학했는데, 집도 없고 말도 모르는 일본이라니! 도저히 마음이 내키지 않았다. 그때는 그냥 그렇게 흘려 넘기고 말았다.

2학기 말쯤에는 점자 도서관에 교정사로 들어갔다. 그런데 도서관 관장님이 앞으로 무엇을 할 생각이냐고 물어보셔서 침술을 더 공부하고 싶다고 말씀드렸다. 그랬더니 일본에 가서 공부를 해 보면 어떠냐고 예전에 들었던 것과 비슷한 말씀을 해 주셨다. 이번에는 마음이 좀 바뀌었다. 졸업이 바로 코앞에 다가와 있었기 때문에 더 그랬다. 언젠가는 집을 떠나야지, 평생 부모님 곁에서 살 수는 없었다. 내 진로는 내가 개척해야 한다는 생각 때문에 한번 시도해 보자는 마음이 들었다. 그곳에 가서 자격증을 따면 돌아와서 침술원을 차려도 되고, 또 요행히 교사라도 된다면 금상첨화가 아닌가! 뭔가 길이 보이는 것 같았다.

생각이 여기에 이르자 나는 부딪쳐 보자고 부모님을 졸랐다. 부모님은 처음에는 귓등으로도 들으려 하지 않으셨다. 한번도 품 안을 벗어나 본 적이 없는 딸이 뜻밖에 외국으로 가겠다고 하니 그냥 해 보는 소리려니 하셨을 것이다.

그러나 끈질기게 두어 달 졸라 대자 이듬해 1월 어느 날 아버지가 허락을 해 주셨다. 아버지는 구체적인 실행 방법을 찾아보라고 하셨다. 수소문 끝에 어느 안과 원장님이 그 방법을 잘 아신다고 해서 일이 활기를 띠었다. 그러나 장벽이 많았다. 그 당시만 해도 외국 나들이가 간단하지 않았고 선뜻 유학생을 받아 줄 학교도 없었다. 그래서 안과 박사님의 주선으로 일본 오사카 부립 맹학교 교장 선생님의 도움을 받아 그곳에서 초청하는 형식으로 절차를 밟기로 하고 본격적인 준비에 들어갔다.

졸업한 이듬해인 1982년 4월에 드디어 설렘 반 초조함 반의 가슴을 안고 일본 오사카 부립 맹학교 이료 전공과에 입학했다. 떠나는 날 우리 가족은 서로를 걱정하는 마음이 가득했지만 눈물은 흘리지 않았다. 어느 쪽이든지 한번 눈물보가 터지기만 하면 서로 부여잡고 결국 떠나지도 보내지도 못할 것 같았다. 인사도 변변히 나누지 못하고 아버지와 함께 비행장으로 갔다. 그러나 비행기가 출발하자 결국엔 눈물이 솟구쳤다. 곁에서 지켜보던 아버지가 낮게 가라앉은 목소리로 이제라도 돌아가고 싶으면 돌아가도 된다고 하셨다. 하지만 그럴 수는 없었다. 고개를 좌우로 흔들었다.

가장 불안한 것은 일본어였다. 고등부에서 일본어를 배우긴 했지만 그때는 일본 유학은 꿈도 꾸지 않았을 때였고 별 필요 없는 과목이라 여겼다. 그래서 시험 때는 단어 몇 개 외웠다가 시험이 끝나면 그와 동시에 잊었다. 지난 1년간 집에서 공부를 했지만 학원에도 가지 않았고 그저 집에서 회화 책을 사다가 혼자 읽고 외운 것이 전부였다. 다만 '가서 부딪치면 뭐 어떻게든 되겠지!' 하는 뱃심뿐이었다.

새로운 말과 생활 풍속을 익히고 적응하는 것은 힘겨웠다. 강의 내용을 알아듣기 위해서 교과서를 외우다시피 읽었다. 자습시간이 끝나고 취침시간이 되면 따로 마련되어 있는 자습실로 가서 새벽까지 읽고 또 읽었다. 한 단락을 열서너 번 읽고 나면 처음에는 도무지 모르던 단어의 뜻도 이미 알고 있는 몇 개의 단어를 통해 추리할 수 있었다. 그런 추리가 모이면 문장의 의미가 통하고 단락의 대략적인 흐름을 잡을 수 있었다. 이렇게 몇 시간 읽고 나면 아예 그 단원을 통째로 외우게 되었다. 기숙사 내에서는 곧 '공부벌레'라는 별명이 붙었다.

일과를 마치고 자리에 누울 때는 가슴 깊은 곳에서 하루를 무사히 넘긴 데 대한 안도의 한숨이 저절로 새어 나왔다. 지금 돌이켜 보면 그 한숨은 참으로 좋은 약이었다. 긴 한숨을 한껏 내쉬고 나면 가슴속이 후련해지면서 편하게 잠을 잘 수 있었다.

친구들이나 같은 방 식구들은 친절했다. 하지만 모르는 말을 물으면 그것을 역시 내가 잘 알아듣지 못하는 말로 설명하자니 저도 답답하고 듣는 나도 답답했다. 그럴 때면 자연스레 국제 공용어인 손짓 발짓이 나왔고, 온갖 의성어와 의태어가 동원되었다. 그러나 모두 귀찮은 기색 없이 가르쳐 주었고, 내가 알아들었는지를 꼭 확인하고 나서야 설명을 마쳤다. 정말로 고마웠다.

그렇게 2년이 지나갔다. 졸업반이 되던 겨울, 교장 선생님께서 졸업 후에 어떻게 할 예정이냐고 물으셨다. 당연히 한국으로 돌아가서 치료원을 내겠노라고 말씀드렸다. 교장 선생님께서는 그것도 좋지만 전공과를 졸업하고 나서 동경에 있는 쓰쿠바 대학의 이료(안마·침·뜸을 묶어 부르는 말)과 교원 양성 시설에 가면 졸업 후 이료 교원 면허증을 받을 수 있고,

그것으로 전공과 이료 교원이 될 수 있으니 그것을 받아서 한국으로 돌아가 교사가 되면 어떻겠냐고 하셨다. 한국에서 이료를 배우러 유학을 하는 예가 그다지 많지 않은 때 성적도 좋아 그곳에 입학할 수 있게 되니 좋고, 기왕이면 귀국하여 같은 뜻을 가진 후진을 양성할 준비를 해 보는 것도 의의가 있지 않느냐는 말씀이셨다. 마음이 끌렸다. 떠나오기 전에 이미 선배 한 사람이 이곳에서 유학을 하고 돌아가 교사를 하고 있다고 하지 않던가! 그래서 그 말씀을 따르기로 했다. 그러나 이 판단이 얼마나 잘못되었는지는 그 대학에 입학하고 난 뒤에 알게 되었다.

운이 좋았는지 시험에서 무사히 합격했다. 내국인들도 통과하기 어려운 관문을 외국인이 무사히 통과했다는 이유로 놀라움과 부러움을 사면서 동경으로 갔다. 그러나 기쁨도 잠깐! 막상 입학을 하고 보니 예상은 빗나갔다. 그곳은 학사 학위가 나오지 않는 곳이었다. 그 나라에서는 교사가 되는 데 굳이 학사 학위가 필요 없어서, 교원 면허증만 나온다고 했다. 그러나 우리나라는 사정이 다르지 않은가! 교사가 되려면 반드시 학위가 있어야 하는데……. 어떻게 해야 할지 판단이 서지 않았다. 학업을 중지하고 그만 귀국할 것인가, 아니면 다시 학위를 얻을 수 있는 다른 길을 모색할 것인가! 그때 지금 내디딘 길로 가 보자는 생각이 들었다.

학업에서 가장 해결하기 어려운 것이 리포트였다. 외부 대학에서 오는 강사들은 자신이 저술한 묵자 교재를 한 권씩 던져 주고는 그 책을 읽고 리포트를 작성하여 제출하라고 했다. 주위에 아는 사람이라고는 하나 없는 나로서는 그 책을 읽는 것이 문제였다. 주위에 약시들도 있긴 했지만 그들도 리포트를 제출해야 하는 처지이고 보니 섣불리 부탁도 할 수 없었다. 외국인이라는 체면 때문에 삐뚤게 나갈 수도 없었다.

하늘이 무너져도 솟아날 구멍이 있다고 하던가! 동기들이 시중의 일반 도서관에 낭독 봉사가 있다고 알려 주었다. 알아보니 동경의 중앙 도서관과 각 구의 구립 도서관에서 모두 시행하고 있는 프로그램이 있었는데, 1회 2시간이며 한 번에 2회 연속 신청할 수 있었다. 그래서 일요일이 되면 아침 9시까지 책과 공테이프를 들고 먼저 예약한 도서관으로 달려가서 오후 1시까지 녹음을 하고 이어서 2시까지 다음 도서관으로 달려갔다. 이렇게 두 도서관을 돌면서 8시간 동안 녹음하여 기숙사에 돌아와서는 그것을 듣고 내용을 정리했다. 매주 일요일마다 같은 일을 반복했다. 리포트를 묵자로 내야 할 때도 있었는데, 이럴 때는 미리 점자로 작성해 두었다가 기숙사에 찾아오는 자원 봉사자들의 손을 빌렸다.

대학에 다니는 동안에 동경을 일주하는 순환 열차 철로를 따라 하루에 40킬로미터를 걸은 일이 가장 기억에 남는다. 열 시간을 꼬박 걸어서 약 40킬로미터를 돌아야 하는 극기 훈련이었다. 기숙사에서 해마다 이루어지는 행사이기도 했다. 반드시 낙오자가 없어야 하고, 모든 역사에서 차례대로 한 사람씩 두 팔로 긴 바늘과 짧은 바늘을 만들어서 시간을 나타내는 단체 사진을 남겨야 했다. 약시가 앞에 가되 가능한 한 행로를 남에게 묻지 않고 지도에만 의지해야 했다. 처음 출발할 때는 모두 즐겁게 조잘거리고 장난도 했으나 차츰 말수가 줄었다. 이윽고 허리가 아프다는 둥 다리가 아프다는 둥 넋두리가 나오더니, 점심때가 지나고부터는 오직 다음 역사를 향해서 묵묵히 걷기만 했다.

그래도 그때는 아직 주위를 돌아보고 웃을 일은 웃고 서로 챙길 것은 챙기는 여유가 있었다. 저녁 식사가 끝나고 종착역이 대여섯 개 남자 모두 고개를 숙인 채 오직 무거운 다리를 끌어다 앞으로 갖다 놓는 데만 열중했다. 마치 죽음의 행렬 같았다. 주위에 무엇이 지나가는지 옆 사람이 제대로 따라오고 있는지 생각할 겨를도 없었다. 오직 죽을힘을 다해 앞사람을 따라갈 뿐이었다. 못 따라가면 아무도 챙겨 주지 않을 테니까……. 물론 누구든 마음만 먹으면 중도에서 열차를 타고 곧장 숙소로 돌아갈 수 있었다. 그러나 막상 역사에 도착했을 때면 누구 하나 저 열차를 타겠다고 하는 사람이 없었다.

역사 앞에서 무거운 몸을 잠깐 땅에 내려서 사진 촬영을 하고는 다시 몸을 힘겹게 들어 올려 또 그 죽음과도 같은 행보를 시작했다. 마지막 역사를 향해 걸어갈 때가 되자 마음은 앞으로 내닫는데 다리가 도저히 따라 주지 않았다. 게다가 해도 져서 야맹증을 가진 약시들은 졸지에 전맹이 되었다. 이제는 정말로 더는 못 가겠다고 할 즈음에 겨우 출발했던 원래 자리로 돌아왔다. 횡단보도 사이의 중간보도에 원을 그리고 둘러선 우리는 마치 적이라도 무찌르고 돌아온 전사들처럼 두 손을 들고 함성을 질렀다. 그때의 성취감은 그 전에도 그 후에도 느껴 본 적이 없다. 나의 한계와 싸웠고 그 한계의 일부를 무너뜨린 승리감이었을 것이다.

1987년 4월! 나는 5년간의 학업을 마치고 자격증을 모두 취득하여 우리나라로 돌아왔다. 5년 전 출국할 때는 미지의 장소에 대한 불안감이 가득했는데 돌아올 때는 미래에 대한 불투명한 예감으로 온몸이 긴장되었다. 과연 그랬다! 힘들게 받아온 침사, 구사, 지압사 자격증은 우리나라가 일본과 문화협정이 되어 있지 않기 때문에 쓸 수 없었다. 이료 교사 자격증도 외국에서 받은 교사 자격증이라 우리나라에서는 인정되지 않았다. 어떻게 해서 얻은 것들인데……. 게다가 학사 학위가 없으니 대학 학력도 인정받지 못했다. 물론 이미 알고 있던 사실이었지만 무력감으로 가슴이 떨렸다.

모교를 찾았다. 마침 그때 서울맹학교에서는 은사님이 한 분 퇴직을 하셔서 교사가 한 사람 필요한 상황이었다. 학교에서는 일단 임시로 채용을 해 주었다. 나름대로 최선을 다해서 근무했다. 이료에 대해 확신을 갖지 못하는 학생들에게 장애인에 대한 사회 인식 변화와 외국의 사례에서 본 장애인용 보조기기의 미래상을 이야기해 주고, 지금까지의 세상과 지금부터의 세상은 크게 다르다는 긍정적인 사고를 심어 주려고 노력했다. 주위의 은사님들은 열심히 근무하다 보면 언젠가는 열매를 맺을 것이라고 격려해 주셨다.

그러던 중 한 은사님이 교사 자격증을 얻을 수 있는 길을 알려 주셨다. 교사로서 발령을 받으려면 국내에서 인정되는 교사 자격증이 무엇이든지 하나 있어야 했다. 이제 와서 새삼 대입 준비를 하고 학업을 더 해야 한다는 것은 도저히 마음이 내키지 않았다. 단지 발령을 받기 위한 수단으로 필요한 것을 가장 빠르고 손쉽게 얻을 수 있는 것이면 족했다. 그래서 뜻밖에도 예전에 '미' 이상을 받아 본 적이 없는 음악의 실기교사가 되어 이료를 가르치게 되었다. 재미있는 기상 이변이었다. 이렇게 실기교사 자격증을 받았지만 서울맹학교에서는 '유자격 3년 이상 교육 경력 미달'이라는 사유로 발령을 받을 수 없었다.

그러던 1992년 6월! 뜻밖에, 정말로 뜻밖에 갑작스런 결혼을 하게 되었다. 그저 한번 보기나 하자고 추진한 중매가 의외로 결실을 맺어 선을 본 지 22일 만에 결혼을 했다. 서두른 것은 부모님, 특히 아버지였다. 다른 형제들은 다 여의

고 변변치 못한 딸자식 하나 남아서 평생 시집 한번 못 보내고 처녀귀신을 만드는 줄 알고 늘 가슴을 졸였는데, 뜻밖에 중매가 들어온 것이다. 총각은 선해 보이는 인상에다 인물도 괜찮아서 솔깃한데, 총각 쪽에서 처녀 쪽만 좋다면 자신도 좋다는 연락을 해 왔다. 그러자 아버지는 쇠뿔도 단김에 빼야 한다는 속담을 내세우면서 밀어붙였다. 우리 집안에서 아버지의 권위는 루이 14세와 같아서 아버지의 말씀이 곧 법이었다. 나는 있을 수 없는 일이라고 생각했다. 지금까지 어디서 어떻게 살아왔는지 전혀 알지도 못하는 사람과 평생을 같이 살아야 할 결혼을 그리 쉽게 할 수 있다는 말인가? 나 자신도 거추장스러운 이 장애의 굴레는 어찌하고……. 그래서 둘이 한번 만나서 이야기해 보기로 했다. 퇴근 후 학교 앞 찻집에서 만난 그는 장애를 같이 극복하자고 했다. 입에 발린 말이라고 하기에는 너무 진지한 어조였다. 그래서 결심했다. 한번 믿어 보자고! 이렇게 결정된 결혼 준비는 순풍에 돛단 듯이 진행되었다. 결혼식은 선 본 지 꼭 22일 만인 6월 27일에 많은 하객들이 들썩대는 가운데서 치러졌다. 남편은 아버지의 예상대로 착하고 순하며 희생심이 강해 자신이 손해를 볼망정 결코 남에게 손해는 끼치지 않았다. 특히 나에게는 세상 그 어디에도 다시없을 동반자였다. 그 덕분인지 그 이듬해인 1993년 6월에 딸아이를 낳았고 10월에 대전맹학교에 발령을 받았다.

대전에서 살 것이라고는 상상조차 해 본 적이 없었다. 그러나 이곳에서 터전을 잡고 살아온 지도 벌써 12년이 지났다. 그동안 둘째와 셋째가 태어나 1남 2녀가 되었고 이제는 모두 초등학생이 되었다. 이제 우리 부부의 꿈은 이 세 송이 튤립의 개화를 바라보는 일이다. 내가 그랬던 것처럼 변덕스러운 날씨가 아름다운 튤립 송이송이에게 더 알찬 거름이 되어 주길 바랄 뿐이다.

실명이 가져다준 삶의 보람

-송미경 선생님

나는 1964년 한여름 대전에서 2남 1녀 중 둘째, 고명딸로 태어났다. 부모님은 모두 다리에 소아마비를 앓는 지체장애인이셨다. 그래서 나는 어릴 때 동네 개구쟁이들에게 놀림을 받은 적이 많았다. 엄마가 걸어갈 때 뒤에서 다리를 절름거리며 따라 하는 녀석들과 어머니께서 학교에 오신 뒤면 "너희 엄마 병신이지?"라고 놀리는 친구들……. 나는 어릴 때부터 유약하고 내성적인 오빠와 달랐다. 놀리는 동네 개구쟁이들을 그냥 지나친 적이 없었다. 병신이라고 놀리는 녀석들은 반드시 피를 볼 만큼 때려 줘야 했고, 그 녀석들보다 모든 것

을 잘해야 한다는 강박관념이 있었다. 운동도, 공부도, 싸움도 잘했던 나는 어느 면에서나 부모님의 자랑이었다.

어릴 때 나의 꿈은 교사나 여군이 되는 것이었다. 누군가를 지휘하거나 가르치는 일이 멋있어 보였고, 무엇보다 여자로서는 그만큼 안정적인 직업도 없다고 생각했다. 하지만 동네 어른들께서는 내가 여자 국회의원이 될 거라고 말씀하셨다. 그 당시 여성 국회의원이 손가락에 꼽을 만했는데, 동네에서 비슷한 또래를 이끌며 판단을 내리고 결정하는 모습을 보고 하신 말씀이었다.

그런데 언제나 건강했던 내가 고등학교 입학 후 몸에 이상이 생기기 시작했다. 처음에는 무릎관절이 아파 왔고 조금 지나면서는 성기 주변으로 궤양이 나타나 치료가 되지 않았다. 그러던 그해 가을, 목욕탕을 다녀온 뒤 왼쪽 눈이 뿌예지면서 침침해졌다. 안과에 가니 의사는 별것 아닌 것처럼 말하며 특별한 주의나 예견을 하지 않았다. 그저 치료만 받았다. 그 당시에는 내 병에 대한 심각성을 잘 몰랐다.

그런데 시간이 좀 지난 후 심한 통증과 함께 왼쪽 눈이 안 보이기 시작했다. 그때부터 기나긴 투병 생활과 장애가 시작되었다. 베체트병이었다! 뒤늦게 안 일이지만 이 병은 자가면역질환으로 전신에 영향을 미치며 시력에 장애를 줄 뿐 아니라 심하면 생명을 앗아 갈 수도 있었다. 하지만 1980년 대전의 병원에서는 베체트에 대한 정보를 아는 의사가 없었고, 서울에서도 연구 대상으로 여기기 일쑤였다. 대전에 있는 병원에서는 원인도 없고 이유도 모르니 그냥 공부도 하지 말고 스트레스 없이 집에 가만히 있으라고만 했다. 서울에 있는 병원에 진료를 받으러 가면 담당 의사 선생님이 다른 의사를 불러 모았다. 그들은 내 눈을 들여다보고 몸 이곳저곳을 만지면서 자기들끼리만 전문 용어로 말을 주고받았다. 아무것도 모르는 채 연구 대상이 되었다는 느낌에 몹시 불쾌했다.

나는 한쪽 눈을 실명했고 관절을 비롯한 다른 부위의 질환으로 고통스러워하면서도 꿈을 저버릴 수 없었다. 힘들게 공부해 공주사대 가정교육과를 지원했고 한쪽 눈이 안 보인다는 것을 속이고 입학의 기쁨을 얻었다. 그런데 공주사대 1학년 한 학기를 잘 마칠 무렵, 잘 보이던 오른쪽 눈이 왼쪽 눈과 같은 증상을 보이기 시작하는 것이 아닌가? 하늘이 무너지고 땅이 꺼지는 기분이었다. 이때부터 우리 가족의 피나는 노력과 투쟁이 시작된다.

일반 의학으로는 치료할 수 없는 질환이었지만 지푸라기라도 잡는 심정으로 전국의 병원이라는 병원은 다 찾아다녔고, 어디에서 눈을 잘 치료한다는 소리를 들으면 그곳이 어디든 어김없이 찾아갔다. 온갖 약과 주사, 침 등 안 해 본 것이 거의 없다. 심지어 무속인을 찾아가 굿도 했다. 가세는 기울기 시작했고 희망의 불도 사그라지기 시작했다. 시력을 잃어 가면서 꿈도 희망도 잃어 갔다. 결국 1986년 내 나이 스물셋에, 나는 빛도 감지할 수 없는 상태로 완전 실명했다. 할수 없이 공주사대를 중도에 자퇴하고 말았다.

그러나 여기서 포기할 수는 없었다. 1987년, 대전맹학교에서 재활의 꿈을 품고 재입학해 점자와 보행 등 새로운 공부와 생활을 시작했다.

실명한 이후에야 공부의 재미를 조금 알게 되면서, 실명했다고 인생이 끝이 아니라는 것도 알게 되었다. 언제나 한결같이 사랑으로 가르치시는 선생님들을 보면서 내 안의 꿈이 더 커지기 시작했다.

대전맹학교를 졸업하면서 내가 갖게 된 꿈이 있다. 평생을 시각장애인으로 살아가는 이들에게 저마다의 꿈과 소망이 있었으면 좋겠다는 것. 그러기 위해서는 바른 신앙이 필요할 것 같았다. 그래서 나는 기독교교육을 전공하여 이들을 바른 신앙인으로 교육하는 일을 하기로 마음먹었다.

1990년 침례신학대학 기독교교육학과에 입학하여 공부하면서 교직도 이수할 수 있는 기회가 있어 종교교사를 취득했다. 하지만 교사로 일한다는 것은 나와는 너무 멀게만 느껴졌다. 종교교사라는 자격으로는 임용시험을 볼 수도 없을 뿐 아니라 시각장애 1급인 내가 일할 학교도, 교회도 없었다.

신앙을 갖게 된 이후로 성격이 밝고 긍정적으로 변한 나는 실망하지 않고 나의 꿈을 위해 여러 길을 모색했다. 대전대학교 사회복지학과에 편입했고, 대전맹학교에서 전공과를 다니며 전문이료학사도 취득했다.

1991년 침신대를 다니던 중 신학대학원을 졸업한 남자친구와 결혼을 했다. 내가 맹학교에 들어와 적응할 수 있도록 안내한 이도 남편이었고, 대학에 들어갈 수 있도록 인적자

원을 물색하여 붙여 준 이도 남편이었다. 신앙이 신실하셨던 시어머니께서는 그리 탐탁히 여기지 않으셨으나 아들이 좋아하는 여자를 거부하지 않고 며느리로 인정해 주셨다.

나를 가족으로 받아들이신 후 시댁 식구들은 한결같이 나의 그늘과 울타리가 되어 주셨고 누구보다 시어머니께서는 나를 자랑스러워하기까지 하셨다. 돌아가시기 몇 달 전에는 당신이 스스로 눈을 가리고 며느리의 고통과 아픔과 불편함이 얼마나 큰지 몸소 경험해 보시고 내가 잘사는 것을 대견해하셨다. 그 와중에 대학을 졸업했으나 진로가 막연했고 내가 꿈꾸던 길을 간다는 것은 힘들게만 느껴졌다.

1995년 오랫동안 기다리던 첫아이를 낳고, 1998년 둘째아이를 임신한 상태에서 새로운 꿈을 모색하기 시작했다. 그래서 선택한 길이 사회복지학과 편입이었다. 사회복지사로서의 삶도 의미 있고 보람된 일이라 여겨 35세의 나이에 공부를 시작했다. 그러던 중 1999년 9월, 모교인 대전맹학교에서 임시로 근무할 여교사를 필요로 하니 기간제로 근무해 보지 않겠느냐는 제의를 받았다. 내 삶의 목표인 교사를 할 수 있다는 제의는 급여가 많고 적고와 관계없이 너무나 행복한 일이었다.

시각장애 학생들을 가르치는 과목은 전문적인 과목이라 먼저 근무하시는 스승님과 동료 교사들의 도움이 많이 필요했다. 다행히 주변 의 선생님들께서 내 일처럼 도움을 주셔서 미력하나마 헤쳐 나갈 수 있었다.

기간제로 근무하는 중에 특수교사의 필요성을 절감하고 2000년 우석대 교육대학원 특수교육과에 입학하였다.

그런데 대학원을 마칠 무렵 기적과 같은 일이 생겨났다. 나는 졸업을 하더라도 전공이 종교라는 과목이기에 임용을 볼 기회조차 없을 터인데 2002년 시험부터 안마사 자격증을 소지한 특수교사는 이료 과목으로 임용을 보게 된 것이다. 기적과 같은 일이었다. 준비된 자를 쓰신다는 진리를 체험하는 순간이었다.

하지만 기회가 주어지더라도 시험에 불합격하면 소용없는 일……. 논문이 통과해야 특수교사 자격이 나오는 상황에서

논문 쓰랴, 아이들 키우랴, 학생들 가르치랴, 1인 3~4역을 하면서 임용 준비를 했다. 대다수의 지인들은 임용에 합격한다는 것은 불가능하다고 말했다. 하지만 결국 기적이 일어났다. 나는 당당히 임용에 합격하여 2003년 현재 근무 중인 대전맹학교에 발령을 받았다. 그때의 감격은 내 평생에 경험한 것 중 가장 소중한 기억이다.

내가 학교에서 주로 하는 역할은 학생 상담이다. 특별히 나처럼 성인이 되어 실명한 중도실명자들의 고충과 아픔을 헤아리고, 그들이 우리 학교에서 재활 훈련과 전문 지식을 잘 닦아 이 사회의 훌륭한 사회인으로서 살아가도록 돕는 일이다. 내가 퇴직하는 그날까지 교사로서의 사명을 잃지 않고 감당할 수 있기를 늘 기도한다. 물론 시련은 언제나 말없이 찾아온다.

2010년 9월, 느닷없이 찾아온 통증 때문에 찾아간 병원에서 나는 유방암이라는 진단을 받았다. 아득하고 암담한 현실 앞에 처음에는 눈물밖에 나오지 않았다. 하지만 곧 정신을 차리고 수술과 항암치료를 받았다. 항암제 투여를 4번이나 받으면서도 휴직하지 않았다. 무리라고 만류하는 동료

교사들과 가족들의 설득 앞에서 내 고집을 꺾지 않은 이유
는 지금 그 자리가 너무나 소중했기 때문이다. 죽더라도 그
곳에서 죽는 것이 마땅했다.

나는 지금도 후회하지 않는다. 지금까지 나를 이끌어 주
신 하나님과 나를 지켜보시는 이들에게 부끄럽지 않은 교사
가 되기 위해 최선을 다했고, 다할 것이며, 나처럼 중도 실명
한 이들과 이 땅의 시각장애인들을 위해 힘이 닿는 한 가르
치는 일과 돕는 일에 내 평생을 바치리라 다짐한다.

삶의 승리는 꿈꾸는 자의 것

-김민선 선생님

나는 어렵게 들어간 모 국립 대학교에서 3개월을 채 버티지 못하고 자퇴서를 쓰고 나왔다. 남아 있는 시력으로 도저히 전공의 기초 작업 중 하나인 밀링 작업(쇠를 자르고 붙이는 작업)을 해내지 못할 것이라는 판단 때문이었다. 기초 과정조차 할 수 없다면 다른 것을 어떻게 할 수 있겠냐는 생각이 들었다.

대학을 그만두고 보니 내가 할 수 있는 자그마한 일조차 구하기 어려웠다. 부모님은 직업을 갖지 못해도 네가 하고 싶은 일을 하며 살라는 말씀을 해 주셨다. 앞날을 고민하면서

서서히 나는 나와 비슷한 사
람들의 삶이 궁금해졌다. 그분
들이 살아온 이야기가 너무나
듣고 싶어졌다. 그래서 혼자 동
사무소에 가서 그동안 인정하
지 못하고 미뤘던 장애등록을
했다.

　등록한 지 몇 달이 지났을까. 사는 곳에서 그리 멀지 않은
새로 생긴 종합복지관에서 연락이 왔다. 복지관에 와서 상담
을 한번 받아 보지 않겠느냐는 말에 수화기를 내려놓자마자
한걸음에 달려갔다. 그곳에서 난생처음으로 나와 같은 장애
를 갖고 계신 관장님을 뵈었다. 관장님은 먼저 본인의 이야기
로 말문을 여셨다. 30대에 실명을 해서 맹학교에 다녔고 지
금은 복지관에서 이렇게 일하고 계신다면서, 나의 고민이 무
엇인지 물으셨다.

　내 이야기를 듣고 난 뒤에는 "공부를 좀 더 해 보는 것은
어떨까? 맹학교에 가서 재활 과정을 밟고, 다시 대학을 생각
해 보는 것도 좋을 것 같다."라고 하셨다. 그렇게 해서 23살

에 대전맹학교 고등부에 입학했다. 나보다 6살이나 어린 친구부터 아버지와 비슷한 연배를 가진 어르신까지 모여 있는 기묘한 조합의 교실. 처음엔 낯설었지만 곧 3년이란 세월이 흐르는 물처럼 지나갔다.

아직도 맹학교에서 받은 첫 수업이 잊히지 않는다. 일반 고등학교에 다닐 때는 책상 위에 책을 수북이 쌓아 놓고 그 위에 공부할 교재를 올려놓아야만 글이 보였는데, 이곳에 오니 확대 도서에 확대 독서기까지 개별적으로 마련해 주어 그렇게 편리할 수가 없었다. 개별화된 교재와 도구로 수업을 받으니 신체적으로도 고통스럽기만 했던 공부가 조금씩 즐거워지기 시작했다. 그리고 나를 가르치고 이끌어 주시는 선생님을 동경하게 되었다.

처음 나와 같은 장애를 가진 사람을 만나면 내가 겪었던 답답함과 슬픔 그리고 고통스러움을 하소연하고 공감을 얻으려 했다. 하지만 나보다 더 깊은 슬픔과 더 큰 고통을 견뎌내고 당당히 서 있는 사람들을 보면서 내 자신이 하려고 했던 말들은 속으로 삼키게 되었다. 맹학교에 계셨던 은사님과 급우들, 선배님들의 삶은 내 삶을 긍정적으로 바라보게 이끌어 주었다.

26살, 새로운 꿈을 가지고 공주대학교 사범대학에 입학 했다. 무려 100명이 조금 넘는 동기들과 공부하게 된 나는 즐

거움보단 과연 적응할 수 있을까 하는 두려움이 앞섰다. 하 지만 그런 기우도 잠시였다. 30명 남짓한 동기들과 친해졌다 싶고, 이제 대학 공부도 조금 익숙해졌다는 생각이 들 때쯤 4년의 세월은 어김없이 흘러 졸업을 앞두게 되었다. 졸업할 때 왜 그렇게 눈물이 나던지. 졸업식 날의 기억은 온통 뿌옇 다. 아무래도 갈 수 없다고 생각한 대학에 다시 입학하고, 그 과정을 무사히 마쳤다는 안도감 때문이었을 것이다.

졸업 후, 나는 운이 좋게도 모교에서 일할 기회를 얻었다. 다시 맹학교에 돌아왔을 때, 마치 고향집에 온 것처럼 설레 고 반가웠던 그 마음이 1년여가 지난 지금도 가시지 않는다. 여전히 포근한 미소로 반겨 주시는 은사님들과 학교 다닐 적 내 모습을 연상시키는 학생들을 보면서 나는 오늘도 감사하 는 마음으로 학교에 간다. 혹여 나와 같은 고통으로 삶의 방

향을 잃은 이에게 작은 등불이 될 수 있길 바라면서. 나를 이끌어 주신 은사님과 언젠가는 같은 모습을 갖게 되길 바라면서 말이다. 앞으로 해야 할 일이 아직 많이 남아 있지만 꿈은 꿈꾸는 자에게만 있는 것이란 말처럼 아직 완성되지 않은 꿈을 계속 꿀 생각이다.

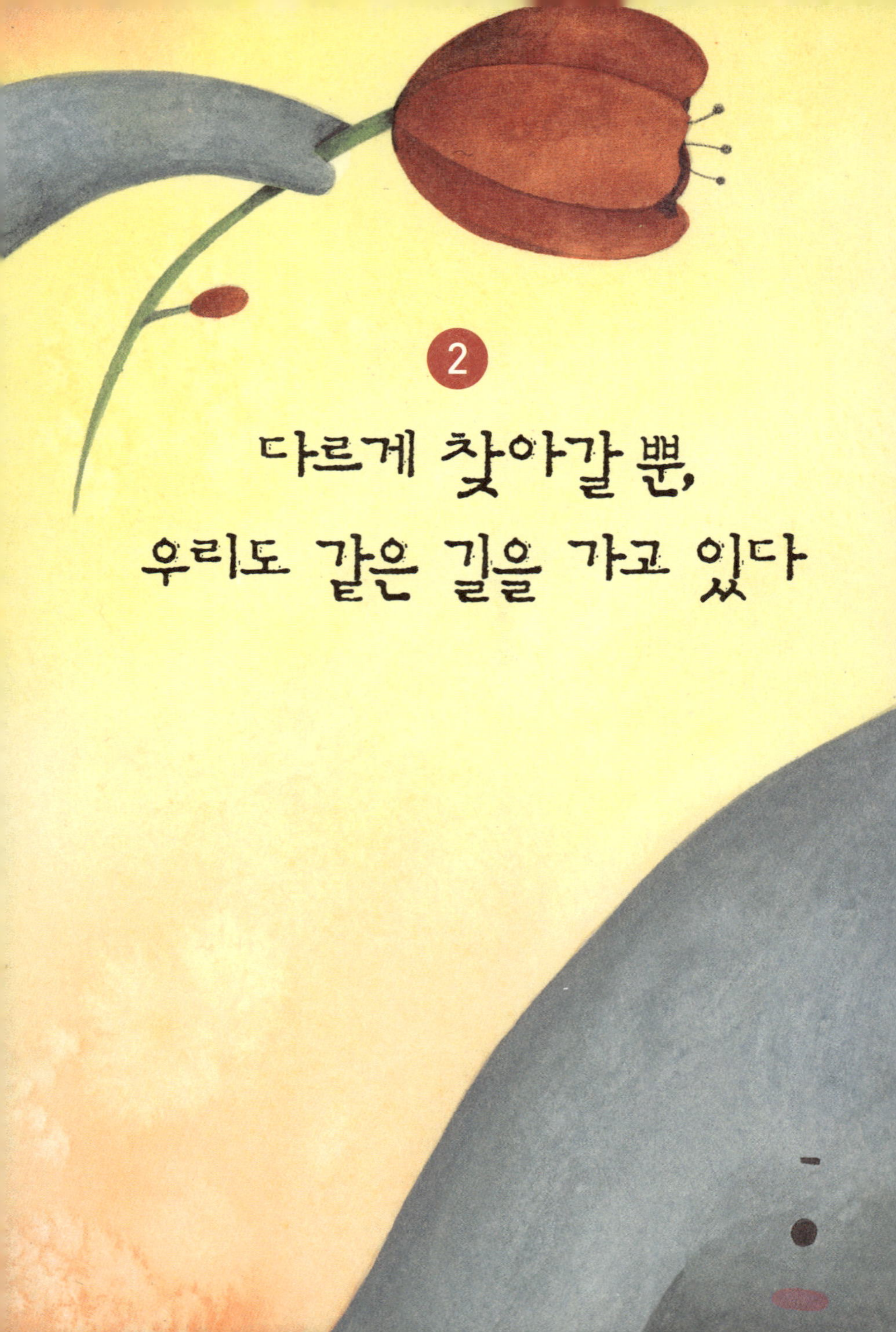

다르게 찾아갈 뿐,
우리도 같은 길을 가고 있다

나는 믿는다.
때론 내 마음의 빛이
세상을 환히 밝혀 주리란 걸.

계단 하나를 오르다는 것

—

-이민정

나에게는 사랑하는 일이 있다. 그것은 나에게 시련을 가져다주기도 했고 또 나를 행복한 사람으로 만들어 주기도 했다. 돌이켜 보면 내가 겪었던 시행착오와 좌절이 지금 나를 더 성숙하게 만들어 준 것은 아니었을까 싶다.

4년 전, 5월의 어느 따뜻한 봄날, 나는 내가 속해 있는 '가락타래 가야금병창단'과 함께 모교인 대전맹학교로 향했다. 모교 축제에서 첫 순서를 여는 공연을 하기 위해서였다. 오랜만에 찾는 모교여서 그런지 아침부터 괜히 마음이 들떴다. 그런데 학교가 가까워지면 가까워질수록 변해 버린 학교 주

위의 풍경에 들떴던 마음이 조금씩 우울해졌다. 고등학교 시절 친구들과 아이스크림을 사 먹고 수다를 떨며 지났던 포도밭과 풀 향기 가득한 그 길은 찾아볼 수 없었다. 길가의 모습만 변했을 뿐인데, 나는 마치 내 추억이 사라져 버린 것 같아 마음이 아팠다. 잠시 그런 생각에 빠진 사이, 차는 학교 주차장에 도착했다. 악기와 한복을 챙겨서 기숙사 건물의 3층에 있는 강당으로 향했다.

나는 대구가 집이었지만 중학교 1학년 때 대전으로 전학 왔다. 나의 모교는 나에게 가야금을 연주할 수 있게 해 주었고, 수많은 인연을 선물했다. 특히 가야금 병창이라는 인연을 맺게 해 주신 최규봉 선생님과의 만남 또한 이곳에서 이루어졌다. 나에겐 단지 추억만 깃든 곳이 아닌, 인생을 바꾸어 준 곳이다.

리허설을 마치고 공연 시작 전, 이른 아침 공연이라 '혹시 목소리가 제대로 나오지 않으면 어쩌지?' 하고 걱정했다. 하

지만 걱정할 시간도 없이 단원들의 인사와 함께 공연이 시작
되었다. "안녕하세요! 18기 졸업생 이민정입니다."라고 인사하
는 나에게 커다란 박수가 쏟아졌다. 눈에 이슬이 맺히며 맹
학교에서의 추억과 졸업 후의 생활들이 영화처럼 눈앞을 빠
르게 스쳐 지나갔다.

　　2004년 3월 2일, 나는 부푼 가슴으로 대학에 입학했다.
왠지 나에게 핑크빛으로 물든 생활이 기다리고 있을 것이라
는 생각에 한 순간 한 순간이 설레었다. 수강신청에서부터
새로운 친구들을 만나는 것, 학교에서 보내 준다는 중국 여
행이 모두 그랬다. 3월 초에 중국 여행을 다녀온 뒤 나의 대
학 생활은 본격적으로 시작되었다. 하지만 기대와는 달리 대
학이라는 곳은 그리 만만하지 않았다. 당연히 배려를 받아
야 한다고 생각했던 것들은 당연한 것이 아니었다. 맹학교에
서는 내가 원하는 것은 무엇이든 받았지만, 대학에서는 '당
연히 내가 받아야 한다'는 개념을 찾아볼 수 없었다. 맹학교
에서는 모든 것들이 갖추어져 있었기 때문에 굳이 도움이
필요 없었지만, 대학은 도움을 청해야 할 것이 많았다. 자기

스스로 모든 것을 해결해 나가야 하는 곳. 그것이 내가 바라본 대학의 첫 모습이었다. 그렇게 나는 상대의 배려가 당연함이 아닌 감사함이라는 것을 천천히 배워 나갔다.

나와 같은 학번 동기들은 모두 34명이었다. 그중에 시각장애를 가지고 있는 사람은 나 하나였다. 나는 그저 맹학교 선생님들이 그랬던 것처럼 '그까짓 벽은 아무것도 아닐 거야.'라는 생각을 했다. 하지만 아이들은 개성이 제각각이었고, 상대하기 벅찬 아이들도 있었다. 그런 아이들에게 나를 설명하고 친해지기란 생각보다 무척 어려운 일이었다. 수업 또한 많이 낯설었다. 우리 과 아이들은 대부분 예고에서 왔기 때문에 나와는 달리 장구 수업, 시창청음(악보를 보고 바로 노래를 부르고, 음을 듣고 바로 악보로 적어 내는 수업), 한국 춤, 창극 수업을 어려워하지 않았다.

처음 합창 수업을 하는 날이었다. 이 수업은 1학년에서 4학년까지 소리 파트만 듣는 수업이었다. 모두들 머리를 단정히 묶고 남도 민요와 잡가(보렴, 화초사거리, 육자배기 등) 레슨을 받고, 시험을 보았다. 선생님이 몇 번 부르고 우리가 따라하는 순서가 반복되었다. 그러고는 선생님께서 "자, 한번 불러 보자." 하고 말했다. 음 하나하나를 헤매고 있는 나와는 달리 모두들 일제히 노래를 불렀다. 그동안 내가 얼마나 나 자신을 과대평가하고 있었나 하는 생각에 부끄러웠다. 실기 경력이 10년이 넘는 사람들이 많았는데, 그런 사람들을 나 와 동격으로 생각했던 내가 교만했던 것이다.

그날 이후 나는 수업 시간에 녹음했던 녹음기를 잠시도 떼어 놓을 수 없었다. 비록 경력이 짧다고는 해도 나 혼자 뒤 떨어지고 싶지 않았다. 하나하나의 음을 마치 그림을 그리듯 분석하며 천천히 익혀 나갔다.

또 하나 나에게 색다른 경험으로 다가온 것은 발림(노래 를 부를 때 하는 작은 몸동작)과 한국 춤 수업이었다. 앞의 사람 을 보고 동작을 따라 해야 하는데 한 번도 그런 수업을 받 아 본 적 없는 나로서는 여간 부담스럽지 않았다. 그래서인 지 몸동작 하나하나가 어색하기 이를 데 없었다. 그런 내 모 습이 창피해서 점점 뒤쪽으로 물러났다. 3시간짜리 창극 '심 청전'을 준비하기 위해 발림을 배우기 시작했다. 소리를 하는 사람이라면 모두들 발림이 기본으로 되어 있어야 했지만, 내 경우에는 달랐다. 하지만 경험이 없다는 것은 결코 변명이 되지 못했다. 실기의 세계가 냉정하다는 것은 알고 있었지만, 그제야 더욱 뼈저리게 느낄 수 있었다. 선배들은 좀처럼 늘지 않는 나의 발림 실력을 비평했고, 내 눈시울은 마를 날이 없었다. 결국 창극 공연 날까지도 내 발림은 커다란 변화가 없었고, 나는 제일 뒷줄에 서고 말았다.

　나와 동기들은 연습실을 떠날 수 없었다. 수많은 수업 내용을 모두 녹음기에 녹음하고, 그것을 다음 날까지 익히기 위해서였다. 고등학교 시절처럼 굳이 공부를 강요하지는 않았지만, 그런 분위기가 더욱 나를 녹음기에 의지하게 했다. 그렇게 한 학기가 마치 1년처럼 지나갔다. 시간이 흘러 어느덧 4학년이 되었다. 늘 1학년에만 머물러 있을 것 같았는데도 시간은 흘렀다. 하지만 단지 시간만 흐른 것은 아니었다. 두렵기만 했던 대학 생활은 어느새 익숙해졌고, 음 하나하나를 그리고 있던 나도 이제는 귀가 어느 정도 트여 굳이 애쓰지 않아도 알아들을 수 있었다. 발림 역시 그랬다(물론 지금도 능숙하게 하는 편은 아니지만……). 친하게 지냈던 친구들은 내가 눈이 나쁘다는 것에 익숙해졌다. 정말 4년이란 시간은 순식간에 흘렀다.

공연이 시작되고 드디어 내 차례가 되었다. 이곳에서 이렇게 공연을 한다는 것은 다른 공연과는 다르게 많은 생각을 안겨 주었다. 내가 불러야 했던 곡은 '적벽가' 중 조자룡이 활 쏘는 대목이었다. 선생님의 곡 해설이 끝나고 나는 천천히 곡을 불러 나갔다. 아침이라 그런지 생각처럼 소리가 잘 나오지 않았지만, 곡이 끝나고 인사를 할 때 나는 그 어느 공연에서보다 마음이 따뜻해졌다. '이것이 바로 모교구나.'라는 생각이 들었다. 많은 사람들의 박수를 받으며 우리의 공연은 무사히 끝이 났다.

학교를 나오며 아쉬움을 감출 수 없었다. 시간만 허락된다면 그곳에서 많은 사람들과 시간 가는 줄 모르고 이야기를 나누고 싶었다. 지금도 그곳에 좀 더 오래 머물지 못하고 온 것이 무척 아쉽다. 나의 마음을 따스하게 만들었던 그 공연 이후 나는 대학을 졸업했다.

하지만 현실은 냉혹했다. 그저 음악이 좋아서 달려온 나는 시련에 부딪혔다. 전국대회에서 상을 받고 여러 무대를 경험한 것은 시련을 이겨 내는 힘이 되지 못했다. 그 어떤 단체에도 원서를 쓸 수조차 없었고 일반학교 국악 수업에 출강

하는 강사풀제 역시 할 수 없었다. 또 하나의 시련은 경제적인 문제였다. 나 역시 돈을 벌어야만 하는 상황이었다. 하지만 내가 사랑하는 음악으로는 도저히 밥벌이가 될 것 같지 않았다. 그래서 나는 사랑하는 음악과 뼈아픈 이별을 결심해야 했다.

지인으로부터 속기사에 대한 이야기를 들었다. 속기사 역시 전문직이고, 또 국비로 교육을 받을 수 있으며, 자격증 취득 후 갈 수 있는 업체까지 정해 준다고 했다.

나에게는 선택의 여지가 없었다. 하지만 다른 일을 준비하고 있는 내 마음 한편에는 언제나 아쉬움과 열망이 남아 나를 힘들게 했다. 너무도 원하지만 할 수 없는 일…….

그렇게 시간이 흘러가는 듯했다. 이제는 정말 음악을 할 수 없을지도 모른다고 생각하고 있던 어느 날 나에게 희소식이 전해졌다. 시각장애인 국악 전공자로만 이루어진 예술단이 창립된다는 소식이었다. 나는 다시 설레기 시작했다. 혹시 무대에 다시 설 수 있지 않을까 하는 기대감이 나를 흥분시켰다. 그리고 나는 생각했다. 후회하면서 살고 싶지 않다고.

관현 맹인 예술단은 나처럼 시각장애를 가졌고 그 때문

에 세상으로부터 수많은 상처를 받으면서도 꿋꿋이 한길을 걸어온 사람들이 모인 곳이었다. 관현 맹인 예술단은 단순히 음악을 할 수 있다는 설렘을 준 것이 아니다. 삶이 힘들었던 사람이 나만이 아니었구나 하는 위로와, 또 의지할 수 있는 사람들이 있다는 든든함을 안겨 주었다. 예술단은 나에게 희망의 선물이었다.

나는 내 인생에서 힘겹게 계단 하나를 올랐다. 그 계단을 오르는 일이 쉽지는 않았다. 하지만 이렇게 나는 계단 하나를 오르면서 또 하나를 배웠다. 진심으로 원하고 꿈꾸면 이루어진다는 사실 말이다. 나는 또 다른 계단을 오르기 위해 다시 발을 내딛는다. 너무나 설레는 마음으로……

* 대전맹학교를 졸업한 이민정 양은 국내에서 유일한 시각장애인 가야금병창 연주가입니다. 목원대학교 한국음악과에서 가야금병창을 전공한 이민정 양은 국내 유명 국악경연대회에 여러 차례 출전해 최우수상을 수상한 상당한 능력자입니다. 그녀는 좋은 목소리를 갖고 있으면서도 '연습벌레'라는 별명이

붙을 만큼 언제나 최선을 다하는 성실한 사람입니다. 현재 실

로암 관현 맹인 예술단원으로 활동하고 있습니다.

안 보인다는 것과 나

-배웅호

형광등이 다 보이지 않고 가운데 부분이 가려 있다. 며칠 전에는 맑게 보였는데, 수술 후 일주일 정도 지난 지금은 시야를 가리는 부분이 좀 더 커졌다. 뇌 수막종. 그게 나의 병명이었다. 바로 전날 밤에 그토록 외웠던 것들이 햇살에 흔적도 없이 날아간 아침 이슬처럼 전혀 생각이 나지 않는 증상. 다행히 수술을 하자 증상은 사라졌다. 머릿속에 뭔가 들어 있는 것 같던 미약한 답답함도 말끔히 지워졌다. 수술 전, 의사들은 촬영 사진을 보고 "이 사람이 아직 살아 있습니까?" 하고 놀라고, 그 사람이 자신들 앞에 서서 대화를 하고 있다는 것을 알고 더욱 놀랐다. 하지만 그들은 이미 내 시력에 대한 예견을 내놓았다. 그 예견이 서서히 현실화되고 있는 것이라고는 꿈에도 생각지 못했다. 퇴원 후 2개월째에는 시야가 더욱 넓게 가려졌다. 담당 의사는 앞으로 더 안 보일 것이라는 소견을 내놓아 나를 두렵게 했다. 사실은 의사의 소견이 틀리기를 간절히 바랐다. 하지만 의학적으로는 더 이상 어쩔 수 없는 사실이었다.

"세계 어디를 가도 마찬가지다."라는 소견을 뒤로하고 병원을 나서는 내 마음은 참담했고 두려웠다. 영화의 한 장면처럼 하루하루 멀어져 가는 나의 세상. 죽도록 사랑했던 연인이 그렇게 멀어져 간다면 그 심정이 이해될까?

간절한 마음으로 눈물 흘리고 애태우던 시간이 지나, 무력감과 공포마저 느끼는 순간들이 다가왔다. 그렇게 수술 후 6개월이 지나자 결국 나는 아무것도 볼 수 없었다. 막상 아무것도 보이지 않는 것과 실낱같은 것이나마 보이는 것은 너무나 달랐다. 예전에는 밤낮을 구분하는 것처럼, 사소하고 보잘것없어 보이는 일이라도 나 혼자 할 수 있다는 자신감이 있었다. 하지만 이제는 남의 도움 없이는 아무것도 못할 것만 같았다. 한번 하겠다는 맘을 먹으면 그게 어떤 분야이든지 자타가 인정할 만큼 잘해내던 내가 아주 간단한 일도 못하게 되었던 것이다.

나는 산을 좋아해 대학 1학년 때부터 계룡산이나 대둔산 같은 산에서 암벽등반을 하곤 했다. 그러던 중 지리산 봄 축제 기간에 청학동을 지나쳤다. 청학동을 내려오다 만났던 산골마을 사람들의 삶은, 화초처럼 평탄하게만 살아왔던 내게는 큰 충격이었다. 나는 아파도 병원에 갈 교통수단조차 변변히 없어 고통 받는 그들을 위해 졸업 후 산촌을 순회하는 의사가 되겠다고 다짐했다. 그랬던 내가 남을 돕기는커녕 남의 도움 없이는 어떤 일도 하지 못하는 사람이 되었다. 나는 자살을 생각했다. 실제로 중도 실명자 중 많은 이들이 한 번씩은 자살을 생각한다고 한다.

그런데 전맹자는 '자살' 방법조차도 한정되어 있었다. 실명하기 2년 전인 대학 1학년 때부터 산에 미쳐(?) 산만이 내 인생의 전부인 듯 여겨 왔다. 그때는 온통 산만 생각하며, 죽을 때조차 산에서 죽기를 바라곤 했다. 그러나 죽음의 장소라고 선택한 산에 이미 난 갈 수 없었다. 그러자 태어난 곳이기도 하고, 어린 시절 자주 가기도 했던 동해의 검푸른 물결이 떠올랐다. 하지만 그곳 또한 갈 수 없는 곳이었다. 사실 죽는 사람에게 그까짓 방법이나 장소가 무슨 대수인가 하는 마음도 들긴 했다. 하지만 약물을 이용하거나 집에서 죽는 것은 다분히 비겁하고 저급한 짓이라는 생각이 들어 고려해 보지도 않았다.

자살을 실행하는 것조차 혼자 주도하지 못하는 내 신세가 참으로 비통했지만 어쨌든 일단 보류할 수밖에 없었다. 여러 생각을 계속하던 중 나 자신에 대해서도 다시 생각해 보았다. 지리산 속 산촌에 사는 사람들이 지금의 내가 가진 것에 비해 더 많이 가졌을까? 또 지금의 내가 가진 비참함과 울분은 객관적인 것일까? 그에 대한 대답은 나를 초라하다 못해 수치스럽게 만들었다. 그들이 가진 것은 지금의 내가 가진 것과 비교해 볼 때 결코 많지 않았다. 내가 지금의 이 현실을 이토록 힘들어한다는 것은 전혀 객관적이지 못했다. 또 내가 목숨을 끊어 버리는 것은, 현재의 나보다 더 못한 여건에서도 삶을 이어 온 사람들과, 나를 위해 주는 사람들에 대한 모독이며 죄악이라는 생각이 들었다.

그리고 완전히 실명을 하기 직전에 마지막으로 읽었던 『리더스 다이제스트』 기고문 중에 '앞 못 보는 사진사'란 제목의 글이 떠올랐다. 당뇨성 망막 질환으로 인해 두 눈을 모두 실명한 한 미국인이 갖가지 노력 끝에 마침내 약간이나마 볼 수 있게 되었다는 내용이었다. 내게는 더할 수 없이 귀중한 소식이었다. 내가 느끼고 있는 비참한 감정은 내가 시련을 이겨 나갈 때 비로소 그 의미가 있을 거라는 생각이 들었다.

이제, 죽음보다 삶을 선택하고 보니, 그간 나를 둘러싼 사람들과 현실이 새로운 의미로 다가왔다. 생활을 하다 보면 필연적으로 누군가에게 도움을 청하고 받을 것이다. 이 도움을 어떻게 받아들일지 생각해 보았다. 우선 도움을 청하기 전에 스스로 노력하자고 다짐했다. 그런 다음, 어쩔 수 없이 도움을 받아야 하는 경우에는 흔쾌한 마음으로 받자고 생각했다.

'꼭 눈으로 봐야 하는 것이 아니더라도 내 주위에서 얻은 모든 사항은 하나도 빠짐없이 받아들이고 철저하게 활용하자!' '안 보인다는 것은 평범치 않은 상황을 헤쳐 나가야 하는 것을 의미하므로, 아주 특이한 시도나 행동이라도 남에게 피해를 주는 것이 아니라면 주저하지 말고 시도하자!' 등의 다짐도 했다. 이렇게 스스로 노력하고 다짐한 것이 예전의 나에서 현재의 나로 바뀐 원동력일 것이다. 하지만 내게 또 다른 이유가 되어 준, 꼭 언급하고 가야 할 사람이 있다. 바로 곽상태 선배다.

선배는 내 손을 잡고 그 오랜 시간 나와 산을 올랐다. 선배의 그 정성과 헌신 때문이었을까? 전맹이 된 지 2년여 만에, 왼쪽 눈이 바늘구멍만큼 보이기 시작했다. 처음엔 그저 사물이 있다는 것을 알 수 있을 정도였지만, 차츰 보이는 정도가 커지고, 형태도 점점 맑고 깨끗해졌다.

비록 어려움을 각오하고 새 삶을 시작했지만, 예전 그대로인 세상에서 크게 달라진 것 없는 주위 사람들과 함께 산다는 것이 쉬운 일은 아니었다. 아마 나뿐만 아니라 주변 사람들도 힘들기는 마찬가지였을 것이다. 나를 지나치게 배려해 주는 식구들, 시각장애인이 된 나와 다니는 데 익숙하지 않아 생각지도 못한 실수를 하는 친구들. 일일이 열거할 수 없이 많은 에피소드가 있다. 지나간 일이니까 '에피소드'지, 사실 그것들은 나를 좌절과 허무에 빠뜨리기도 했고, 생명을 위협하기도 했다.

약간 보이기는 했지만, 일반인에 비하면 보잘것없는 시각으로 집 밖으로 자꾸 나서는 게 무모한 행동이라고 꾸짖을 사람도 있을 것이다. 하지만 나는 가만히 있는 쪽이 더 어려웠다. 또한 시각장애인이 좀 더 자주, 좀 더 많은 활동을 할 때 비시각장애인의 견해가 달라질 것이라고 생각했기 때문에 더욱더 가만히 있을 수 없었다.

그래서 승마를 하기 시작했다. 어떤 사람들은 경제적으로 풍요로웠기 때문에 그런 스포츠를 했을 것이라고 짐작할 것이다. 물론 경제적 뒷받침이 없었다면 승마를 하지 못했을 것이다. 사실 승마는 말이 가진 눈의 혜택을 볼 수 있는 운동이다. 때문에 시각장애인의 시기능 훈련 면에

서 아주 적합하다.

장애를 가지고 있다고 해서 사회나 가족의 도움을 수동적으로 바라는 삶을 살기보다는 독립적으로 나의 길을 개척해 나가야 한다. 그래서 나는 사업도 시작했다. 하지만 사업은 부진했고, 다시 새로운 길을 모색했다. 그 새로운 시도의 일환으로 대전맹학교 이료재활과정에 입학하여 이료를 배웠다.

앞으로 시각장애인의 사회적 입지를 넓혀 가는 데 있어 이료는 커다란 역할을 할 것이다. 물론 이료는 최근에 갑자기 생긴 것은 아니고 이미 오래전부터 있었던 일이다. 하지만 사회에서는 이료에 대한 인식이 다분히 비뚤어져 있고, 사실과 다르게 왜곡되어 있다. 그 왜곡된 인식을 바꾸어 놓는 데 일조하는 것이 내 목표이다. 그 목표를 이루기 위해 지금은 안마에 매진하고 있다.

물론 현재의 내 상황이 장애 극복의 종착역이라고는 할 수 없다. 하지만 현재의 나는 그냥 머물러 있지 않고 앞으로 나아가고 있다. 그렇기 때문에 오히려 더 큰 의미가 있는 것이 아닐까?

* 배응호 씨는 중도 실명자로서 대전맹학교를 졸업하고 현재
이료업에 종사하며 가장으로서 하루하루를 열심히 살아가고
있습니다.

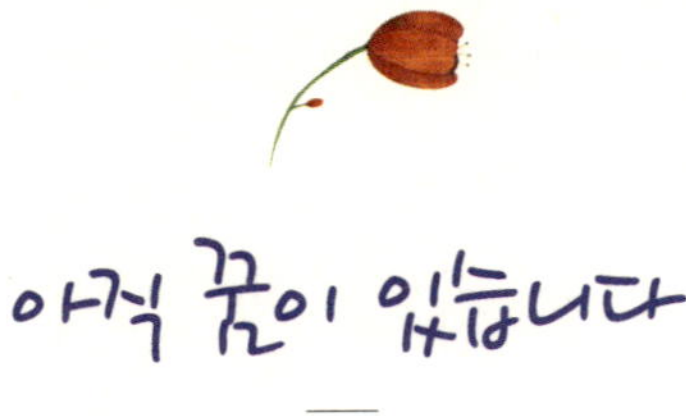

아직 꿈이 있습니다

-김정희

"오늘도 대전역으로 가나요?"

"네."

"사람들한테 안마 봉사하는 것 힘들지 않아요?"

"아니에요. 제가 이렇게 다른 사람을 도우며 살 수 있는 게 얼마나 감사하고 기쁜데요."

사실 그렇다. 육십 평생을 돌아보면 지금의 생활이 얼마나 편안하고 행복한 시간인지 모른다. 그동안 암흑 속에서 겪어야 했던 여러 가지 일이 머릿속에서 주마등처럼 스쳐 지나간다.

나는 충청남도 정미면 모평리에서 육남매 중 다섯째로 태어났다. 오빠 세 명과 언니 다음으로 태어난 나는 그저 평범한 사람으로 성장했을 것이다. 세 살 되던 때 홍역으로 실명되지만 않았다면 말이다. 시골의 가난한 집안에서 '앞 못 보는 아이'는 가족들에게 큰 짐이었다. 그 당시 부모님은 한 명의 입이라도 줄여야 하는 절박한 상황이었기 때문이다.

지금 생각해도 서럽고 가슴이 답답해지는 일이 있다. 여덟 살 때였을 것이다. 큰아버지 댁에 사시던 할아버지가 돌아가셨다. 앞이 안 보이는 나를 측은하게 여기고 늘 자애롭게 대해 주시던 할아버지 생각에 가슴이 아팠는데도 나는 큰집에 갈 수 없었다. 봉사 딸을 부끄럽게 여기시던 부모님은 친척들이 많이 모이는 그곳에 나를 데려가지 않으셨다. 가족 모두 할아버지 장례식에 참석하고 나만 혼자 빈 집에서 밤을 지새우는데 밖에서는 '야옹' 하는 들고양이 울음소리가 들리고 '윙윙'거리는 바람이 집 주위를 돌며 사납게 휘몰아쳤다. 이불을 뒤집어쓰고 누웠지만 할아버지를 잃은 슬픔과 혼자라는 두려움과 서러움이 복받쳐 하염없이 눈물을 쏟았던 기억이 지금도 생생하다.

그때부터 나는 어린 마음이지만 나의 처지를 절감하고 독한 마음을 먹기 시작한 것 같다. 피나는 노력으로 남들보다 열심히 살지 않으면 낙오자가 될 수밖에 없다는 생각에 내 처지에서 할 수 있는 한 최선을 다했다. 부모님이 들일을 나가시면 집에 남아 있던 나는 눈치껏 알아서 물 긷고, 방아 찧고, 새끼줄을 꼬고, 빨래하고, 동생을 돌봤다. 그러다 먹을 게 없어 배고프면 동생을 들쳐 업고 친구들과 들로 산으로 먹을 것을 찾으러 나서서 소나무껍질과 산열매 등을 따 먹었다. '앞도 못 보면서 어떻게 산으로 가는 길을 알까?' 하는 이도 있겠지만 하나님은 다 살아갈 길을 마련해 주시나 보다. 앞은 보이지 않았지만 다른 감각은 더욱 발달하여 동네 길은 자연스럽게 익힐 수 있었다. '눈 감고도 다닌다'라는 표현이 딱 들어맞았다.

우물가에서 보리쌀뜨물을 얻어다가 돼지를 키우고 틈틈이 집안일을 돕는 사이, 학교 다니는 친구들을 보면 부러움과 함께 나도 배우고 싶은 욕구가 생겼다. 그러나 내 형편에 학교는 꿈도 못 꿀 일이었다. 할 수 없이 학교 끝나고 돌아오는 오빠들을 붙들고 물어서 구구단을 익히고 이것저것 귀동

냥으로 얻어듣는 것에 만족할 수밖에 없었다.

그러던 중에 집안일을 잘한다는 소문이 나서 마을의 어느 부잣집에 아이 돌보미로 들어오라는 제의가 들어왔다. 한 입이라도 줄여야 했던 부모님께서는 그러마고 하셨다. 그런데 막상 들어가 보니 아이 돌보는 게 아니라 방아 찧기 같은 중노동을 해야만 했다. 갖은 고생을 하다가 다시 집으로 돌아오고 보니 혼기가 찬 오빠들의 혼사가 기다리고 있었다. 그런데 그 일에서도 나는 식구들의 걸림돌이었다. 앞 못 보는 시누이가 있는 줄 알면 시집보내지 않을 것이라며 중매쟁이들이 올 때면 나를 나뭇단 속에 숨겨 놓거나 곳간에 들어가 있게 했다. 서러운 생각에 또 누구를 향한 원망인지도 모를 눈물을 쏟을 수밖에 없었다. 그럴 때면 "계집애가 재수 없이 눈물이나 짜고 있다." 하고 불호령이 떨어지곤 했다.

이런 암울한 생활 속에서도 세월은 흘러 스물세 살이 되었다. 내 장래에 대해 곰곰히 고민하다가 점이라도 배워서 먹고살아야겠다는 생각이 들어 수소문 끝에 어느 법사님을 찾아갔다. 수양딸이 되어서 집안일을 해 주며 숙식을 해결하고, 점을 배우는 삯으로 한 달에 쌀 서 말씩 내기로 했다. 낮에는 집안일을 하며 밤에는 서너 마디 정도씩 배우기를 두 해쯤 지났다. 집안 형편은 여전히 어려워 삯으로 내기로 한 쌀이 석 달이 밀려 한 가마니 정도가 되었다. 법사님은 밀린 삯을 받을 요량으로 여기저기 씨받이 자리를 알아보기 시작했다. 그러나 나는 천대받고 멸시받을 게 뻔한 그런 자리는 죽으면 죽었지 가기 싫었다. 완강하게 거절하자 이번에는 혼처를 구했다. 그때 인연이 되려고 했는지 6·25전쟁 때 피난을 내려와 잡화상과 고물장수를 하는 홀아비가 나타났다. 나는 그 사람에게 딱지를 맞을 생각으로 쌀 두가마니 빚을 갚아 주어야 시집갈 수 있다고 말했다. 그 사람이 쌀 두 가마니를 지불하면서까지 나와 결혼하지는 않을 것이라고 생각했기 때문이다. 그런데 그 사람은 선뜻 두 가마니를 내놓고 서둘러 간단한 혼례식을 치르자고 했다. 집안에서 별 반대도 없었고 일은 빨리 진행되었다.

그런데 막상 결혼을 하고 집이라고 와 보니 기가 막힐 일들이 기다리고 있었다. 40세인 줄 알았던 남편의 나이는 무려 57세였으며, 괜찮은 형편이라던 집은 제대로 있지도 않았다. 집터도 없이 남의 터에 세를 주고 지은 집에서 간신히 살아가는 신세였다.

돌아가려야 돌아갈 곳도 없는 처지가 원망스러웠지만 한탄만 하고 있을 때가 아니었다. 어디서 무엇을 어떻게 시작해야 할까 곰곰이 생각해 보았다. 배운 기술이 점치는 일이었으므로 점치는 일을 하면서 남편을 돕기로 했다. 남편이 잡화로 상수리나 도토리, 콩과 바꾸어 오면 묵을 쑤어서 팔고 콩나물을 길러서 팔기 시작했다. 무거운 짐을 지고 더듬더듬 지팡이를 짚고 다니다 보면 문전박대를 당하는 일은 예삿일이었다. 때로는 측은하게 여기며 물건을 내려 주기도 했다. 그러다가 허기가 져서 주저앉으면 힘내라고 위로해 주며 헌옷을 모아 주는 이들도 더러 있었다.

그러는 동안에 아이들이 태어나 네 남매를 두었다. 이제 여섯 식구가 되었으니 먹고사는 것만도 큰일이었다. 닭과 개를 기르며 가축의 분뇨는 모아서 채마밭에 거름으로 져 날라서 채소를 길렀다. 비위가 약해서 거름지게를 지고 밭으로 가다 보면 거름 냄새에 구역질이 올라왔다. 발을 헛디뎌서 구덩이에라도 빠지면 고꾸라지면서 분뇨를 뒤집어쓰고 나뒹굴었다. 이럴 땐 정말 '내가 왜 이 고생을 하며 살아야 하나?' 하는 생각이 끊임없이 들었다. 사는 일은 힘들지만 죽는 일은 쉬워 보였다. 그러면서도 자식들을 위해 살아야만 했기에 아이들이 학교에서 돌아오면 채소를 머리에 이고, 아이가 이끄는 손을 따라 이 집 저 집으로 팔러 다니며 한 푼 두 푼 악착같이 모아 나갔다. 남편은 점점 늙어서 일할 수 있는 시간이 줄어들었고, 아이들은 점점 자라고 있었다. 정신을 바짝 차리지 않으면 안 되었다.

그러는 와중에서도 작은 기쁨은 있었다. 아이들이 모두 건강하고 총명했다. 아침 조회 시간에 바람을 타고 들려오는 확성기 소리로 상장을 받는 우리 아이들의 이름이 호명될 때면 피곤에 지친 몸과 마음이 씻은 듯이 가벼워지면서 행복감에 젖기도 했다. 비록 다 쓰러져 가는 오막살이였지만 드디어 방 두 칸짜리 내 집과 내 땅 900평을 갖게 되었다. 나는 해낸 것이다. 아이들이 학교 갔다가 돌아와 "엄마!" 하고 부르면 고구마, 감자, 옥수수를 삶아 주었다. 재잘거리며 학교 이

야기를 하는 아이들과 살아가는 시간이 행복했다.

세월이 흘러 큰 아이가 중학교 3학년이 되었고, 둘째는 초등학교 6학년, 셋째는 3학년, 막내가 초등학교 2학년이 되었다. 여전히 하루하루가 바쁜 일상이었다. 그런데 어느 저녁 무렵, 이웃집 사람이 뛰어 들어왔다. 가을걷이 일을 도와주고 돌아오던 남편이 오토바이에 치여 병원에 실려 갔다는 것이었다. 남편은 그 뒤 5년여 시간을 병을 안고 살다가 세상을 떠났다.

그런데 불행은 연이어 오나 보다. 남편이 교통사고로 몸져누워 있을 때였다. 친정어머니가 찾아오셨는데 뭔가 말씀을 못하고 주저주저하고 계셨다. 어렵사리 꺼낸 말씀은 그동안 큰아이의 고등학교 입학금으로 올케언니한테 한 푼 두 푼 붓던 계가 깨졌다는 것이었다. 올케언니는 집을 나가 버려 연락이 되지 않고 그동안 부어 왔던 곗돈은 원금조차 돌려받을 수 없다고 했다. 몇 달 후면 큰아이 고등학교 입학금을 내고 학교를 보내야 하는데, 하늘이 캄캄했다. 정말 이건 해도 해도 너무하는 상황이었다. 목이 바싹바싹 마르고 잠이 오질 않았다. 사정을 알게 된 큰딸은 산업체 야간고등학교를 가겠다고 하며 별다른 내색 없이 인천으로 떠났다. 며칠이 지난 후, 딸이 이전에 입학하려고 했던 인문계 고등학교의 합격 통지서가 집으로 배달되었다. 눈물이 걷잡을 수 없이 쏟아져 내렸다.

또 세월은 흘렀다. 큰아이가 산업체 야간고등학교를 졸업하고 취직해 둘째 아이의 학비를 대 주었다. 3년 후에는 둘째도 고등학교를 졸업해 은행에 입사했다. 두 딸이 벌어서 셋째 아들은 고등학교와 대학교를 졸업하고, 막내딸도 고등학교를 졸업했다. 우리 가족은 이제 별다른 걱정이 없을 것 같았다.

그런데 하나님이 주신 마지막 시련이 또 하나 남아 있었다. 우리가 경작하던 밭을 이웃집 사람이 다른 사람에게 몰래 팔아 버린 것이다. 현재 거주하는 집과 주변의 땅은 원래 오랜 기간 미등기 상태로 있었다. 그러다가 남편이 이웃집 사람에게 의뢰해 등기를 하기로 했는데, 애초에 땅 욕심이 있었던 그 이웃이 땅을 자신의 소유로 올려 버렸다. 그것을 해결하지 못하고 방치한 게 화근이었다. 해결하는 길은 민사재판밖에 없다고 했다. 우리는 기나긴 법정싸움에 들어갔다.

그 시절 법에 대해서는 아무것도 모르던 우리에게 도움을 준 사람들이 있었다. 특히 지금은 고인이 된 안길순 회장님은 참 고마운 분이다. 두 다리가 없는 장애를 가지고 있으면서도 일일이 법정까지 따라다니며 애써 주셨다. 우리 같은 장애인들은 뭉쳐야 산다고 하시며 아무리 늦은 밤이라고 해도, 아무리 날이 궂어도, 일일이 상담하고 여기저기 주선해 주셨다. 10년이라는 긴 시간 끝에 드디어 승소를 하고 피땀 어린 그 땅을 되찾을 수 있었다. 당진에 '당진군 지체장애인 협회'라는 것이 있다는 사실을 알게 된 것도 그때였다.

이 사건을 겪으면서 많이 힘들었지만 오히려 전화위복이 된 셈이다. 이 일을 겪지 않았다면 지금도 밭고랑에 앉아 호미를 쥐고 있을지 모르겠다. '협회'라는 것을 알게 되면서 나 같은 개인이 하나가 아님을 깨달았다. 각기 상황은 다르지만 나름의 장애 속에서 그것을 극복하며 살아가는 사람들을 보고 나 역시 내가 가진 장애를 재활을 통해 극복해야겠다는 생각이 들었다.

그때 나이가 쉰하나였다. 일단 글을 익혀야겠다는 생각이 들었다. 그래서 서울에 있는 한국시각장애인복지재단에 4

개월간 입소하여 점자 원리를 익혔다. 퇴소하여 집에 오는데 발걸음이 기쁨으로 넘치고, 더 배우고 싶은 아쉬움이 절절했다. 노동으로 굳어진 손은 점자를 식별하는 일에 익숙지 않아 너무 힘이 들었다. 오전 내내 책을 붙들고 있어도 고작 세 줄을 읽는 정도였다. 그마저도 더 이상 가르쳐 줄 사람이 없다는 사실이 너무나 안타까울 뿐이었다. 낮이나 밤이나 책을 끼고 살아야겠다고 생각하고 잠을 잘 때도 점자책을 안고 잤다. 그러던 차에 컴퓨터를 알면 글을 읽기가 수월할 것 같다는 생각에 맹인안내견학교에서 주관하는 삼성맹인컴퓨터교실에 다니기 시작했다.

몇 차례 재활교육과정을 이수하면서 우리 고장에도 시각장애인들을 위한 기관이 있었으면 좋겠다는 생각을 품었다. 뜻이 맞는 몇몇 사람들과 협력하여 장애인협회를 조직하기로 했다. 그때에도 당진에 시각장애인협회라는 이름은 있었으나 사무실이 없었다. 우선 급한 것이 연락망을 구축하는 일이었다. 우선 우리 집에 협회 전화를 설치하고 한 명 한 명 회원을 모았다. 그리고 사무실 마련을 위해 노력한 결과 당진군 지체장애인협회 사무실 한편에 당진 시각장애인연합회의

둥지를 마련할 수 있었다. 사무국장으로 근무하면서 회원들에게 점자 교육, 풍물놀이, 보행 교육, 밑반찬 배달 사업을 추진하고 정기총회를 개최하면서 회원들의 연합을 주도하고 사회 속으로 이끌어 내고자 노력했다.

그러는 사이 어느새 10여 년의 세월이 흘렀다. 이제 당진시각장애인협회도 어느 정도 자리를 잡고 충남도지사로부터 장애극복상이라는 큰 상도 수상했다. 협회 일을 하다 보니 그동안 못한 공부를 하고 싶다는 생각이 들었다. 알아보니 일 년에 두 차례 검정고시제도가 있었다. 또 대전맹학교에 고등학교, 전문대학 과정이 개설되어 있다는 것도 알았다. 나는 새벽 4시부터 퇴근 전까지, 퇴근 후부터 새벽 1시까지 공부에 매진했다. 공부를 시작한 지 1년 후인 2005년, 드디어 중입 검정고시와 고입 검정고시에 합격할 수 있었다.

그리고 2006년, 내 나이 예순에 대전맹학교 고등학교 과정에 입학했다. 꿈에도 그리던 학생이 된 것이다. 예전에 친구들이 학교 다닐 때 그렇게 부러워만 했던 일들이 실현되었다. 지금 나는 대전맹학교 대학 과정 전공과 2학년 학생이다. 시간이 날 때마다 학생증을 꺼내서 어루만져 보곤 한다. 1년

반이 지나면 한국교육개발원에서 주관하는 학점은행제에 의한 이료 전문학사 학위도 취득할 것이다.

그동안의 세월을 생각해 보면 결코 쉽지 않은 시간들이었다. 다시 살아야 한다면 그것도 자신이 없다. 하지만 한편으로는 참 뿌듯하고 행복했다. 한 순간 한 순간을 치열하게 살았기에 보람도 크다. 아이들을 낳아서 키운 일도, 협회 사무실을 만든 일도, 그리고 지금 60세에 안마를 배우고 침술을 배워서 봉사를 할 수 있는 시간이 주어진 것도 참으로 행복하고 감사하다. 그저 도움을 받기만 하며 살 줄 알았는데 내 손으로 도움을 주며 살 수 있다는 사실이 행복하다.

가끔 우리 아이들과 모여 추억을 얘기할 때가 있다. 둘째 딸은 지금도 자신은 칼국수나 수제비를 싫어한다고 얘기하며 웃곤 한다. 지금 대학원에서 사회복지학을 공부하는 것도 엄마의 영향이라며 감사하다고 말한다.

삶이 무엇이냐고 묻는다면 사람들은 뭐라고 대답할까? 우리 딸의 말에 의하면 인생은 '비밀'이란다. 그 말도 맞는 것 같다. 아무것도 할 수 없을 것 같던 내가 여러 사람들의 도움 속에서 꿈을 이룰 수 있었던 것은 태초에 계획되었던 비밀이었을지도 모르겠다. 이제 나의 나머지 생애가 품은 비밀은 무엇일까?

나는 아직도 많은 꿈을 가지고 있다. 내가 받은 은혜와 사랑을 다른 사람들에게 다시 돌려주며 세상의 많은 사람들과 더불어 살아가고 싶다. 아직도 어둠 속에 있는 사람들에게 일어나서 꿈을 가지고 빨리 세상으로 나오라고 말하고 싶다. 우리가 가진 장애는 인생의 장애가 아니다. 꿈을 갖고 도전하여 세상을 비추어야 한다. 삶에 꿈이 있으면 그 꿈은 언젠가는 다 이루어지니까 말이다.

내가 세상으로 나올 수 있도록 이끌어 주신 여러 선생님들께 진심으로 감사드리며 이 글을 마친다.

* 김정희 씨는 앞을 전혀 못 보는 이순의 만학도입니다. 겸손한 자세와 언제나 감사하는 마음으로 불우한 환경을 극복한, 진정 아름다운 분입니다.

호출택시 513번

—

-문성준 선생님(특수교육 박사과정)

아내의 직장이 멀어진 뒤로 나는 아침마다 두 아이의 아침 식사 뒤처리를 하고, 옷매무새를 다듬어 주고, 큰 아이 학교 준비물을 확인한다. 마지막으로 둘째 녀석을 어린이집 통학버스에 올려 주고 난 후에는 제일 먼저 수화기를 든다.

거리는 가깝지만 마땅한 카풀 동료 직원이 없는 탓에 매일같이 호출택시를 이용한 지도 어느덧 6년째에 접어들었다. 그동안 한결같이 나의 눈과 발이 되어 준 수많은 기사님들에게 이 자리를 빌려 진심으로 감사의 말씀을 드리고 싶다.

그러나 그중에서도 지금껏 내 마음 한구석에 아련히 남아

있는 한 분이 있다.

P 호출택시 소속으로 해병대 출신이며 '513'이라는 호출 번호와 잔잔한 목소리로만 기억되는 그분을 처음 만난 것은 약 2년 전이었다. 그날도 허겁지겁 아이들을 보내느라 시간에 쫓겨 서둘러 택시에 올라탔다. 그분은 유독 안 보이는 사정을 궁금해하셨다. 그 뒤로 나는 513번 아저씨를 유독 자주 만났다.

처음엔 우연의 일치라고만 생각하며 무심히 지나쳤다. 그런데 한참 후 그분이 나를 태우기 위해 호출이 나올 때까지 비슷한 시간에 우리 동네 주위를 맴돌았다는 사실을 알게 되었다. 호출 시간이 늦을 때면, "오늘은 아이들이 말을 잘 안 들었나 보지?"라고 껄껄 웃으시며 액셀러레이터를 밟았다.

그러던 어느 날부터인가 갑자기 그분을 만날 수 없게 되었다. 당신의 표현대로 '인연이 닿지 않는가 보다.'라고 생각하며 하루이틀이 지나갔다. 그러다 여름방학에 접어들면서, 한동안 호출택시를 이용하지 않게 되었다.

그리고 다시 개학을 맞자 일상은 또 분주해졌다. 예의 부산한 출근 전쟁 속에서 호출택시를 이용했는데 하루는 또 다른 낯익은 기사가 문득 내게 이렇게 말했다.

"얼마 전까지 효동 콜 잘 받던 친구가 이제 없어서 섭섭하겠네."

"없다니요?"

잊고 있었던 반가운 이야기에 나도 모르게 되물었다.

"몰랐어? 그 사람 지난달에 저세상으로 갔잖아."

도저히 믿을 수가 없었다. 3개월 전까지만 해도 언제나 웃으며 나를 기다려 주던 그분의 죽음은 정말이지 너무나 낯설었다.

"췌장암은 잘 모르잖아. 끝까지 일만 열심히 한다고 하더니만……."

"우리가 장례식에 끝까지 함께했는데, 아 글쎄 그날 보니까 그 집 큰아들이 장애더라구. 쯧쯧, 불쌍한 사람."

어릴 적 소풍이나 야외에서 즐겨 하던 놀이 중에 '수건돌리기'라는 것이 있었다. 정해진 노래가 끝날 때까지 옆 사람에게 수건을 넘겨주지 않으면 노래가 끝남과 동시에 벌칙을 받아야 한다. 수건돌리기는 요즘 젊은이들의 뇌리에서 점점 사라지고 있는 것 같다.

나는 삶이 수건돌리기와 같다는 생각을 한다. 인생을 살아가면서 우리는 너무나 많은 유형무형의 사랑을 받는다. 장애를 가진 우리들도 그렇다. 그런데 우리는 그런 이웃의 희생과 사랑을 마치 공기의 소중함을 잊고 사는 것처럼 흘려 버리는 것은 아닐까?

사랑의 진정한 가치는 그것을 나 혼자만 갖고 있을 때가 아니라, 또 다른 누군가에게 진심으로 건네줄 때 빛을 발한다. 삶이라는 노래를 부르며 수건돌리기를 하는 우리들은 이 시간에도 나보다 힘든 이들에게 사랑의 수건을 돌려야 한다. 내가 사랑의 수건을 쥐고 있는 줄도 모른 채 삶이라는 노랫가락에 푹 빠져 언제 끝날지도 모르는 시간을 허비하는 것은 아닌지.

내가 손에 쥔 이 많은 사랑을 누구에게 건네줄지, 나는 오늘도 조바심을 내며 후회하는 하루하루를 보내고 있다.

3
여기가 바로 천국이다!
천국에 사는 사람들의 이야기

함께여서 더욱 빛나는 우리들!
내 마음의 반딧불이 365일 살아 숨 쉬는 건
바로 네가 있기 때문이야…….

내가 우리 학생들을 통해 배우는 많은 것들

-이화순 선생님

질병으로 인해 천천히 죽어 가는 사람을 통해 우리는 어떻게 살아야 할 것인지를 배운다. 맹학교에서 맹학생들과 함께 생활한 지도 강산이 두 번이나 변하고도 3년이 지났다. 만나는 사람마다 "너무 고생하신다." "수고 많으시다."라고 말한다. 할 말이 없어서 그렇게 말하는 것인지, 아니면 정말 그렇게 생각하고 그런 말을 하는지 알 수 없다. 하지만 나는 이 말이 정말로 듣기 싫다. 그리고 그 말을 들으면 정말 부끄럽다. 왜냐하면 나는 맹학생들을 위해 봉사하는 것이 아니라 그들을 통해 많은 것을 배우고 많은 것을 얻기 때문이다. 그들의 삶을 통해 나의 욕심을 버리고, 그들의 모습을 통해 나의 게으름에 채찍을 가하게 된다.

나는 일반 학교에 근무해 보지 않았기 때문에 일반 학교의 사정을 정확하게 알지 못한다. 그러나 매스컴을 통해서 보도되고 있는 학생들의 실정을 보면 너무 가슴 아픈 이야기들이 많다. 학부모들이 교사를 무시한다거나 학생들이 교사에게 폭행을 가한다는 보도를 접할 때마다 무섭다는 생각이 든다. 그리고 맹학교에 근무하는 나 자신이 너무 행복하다는 생각도 해 본다.

맹학교에 있는 대부분의 학생들은 기숙사에서 생활한다. 학생들의 가정환경은 대부분 불우하다. 일반 학생들처럼 가정에서 공주나 왕자 행세를 할 수 없다. 그러나 그들 중 누구도 부모님을 원망하거나 더 많은 것을 요구하지 않는다. 비싼 학용품이나 유명 브랜드에서 파는 옷을 요구하지도 않는다. 오히려 멀리서나마 부모님이 자신들을 걱정할세라 심지어 몸이 아파도 집으로 연락을 하지 않는다.

학생들은 스스로 알아서 생활한다. 진학반에 늦게까지 모여 공부도 한다. 또 우리 학교의 학생들 대부분 하나 혹은 그 이상의 악기를 연주한다. 악보를 모두 외워서 연주하는 모습을 보면 두 눈을 멀쩡히 가지고 있으면서 악기 하나 연주하지 못하는 사실에 부끄러움을 느낀다.

장애인들이 두려워하는 것은 장애 때문에 겪는 어려움, 불편함, 또는 다가오는 죽음이 아니다. 그들은 친구가 사라지는 것이 더 두렵다. 다시 말해 외로움, 고독, 사회의 무관심과 소외감이 두려운 것이다.

그들을 동정하고 불쌍하게 여기는 생각보다는 한 개체로, 개인으로 받아들이는 사회가, 그리고 내가 되어야 한다.

맹학교는 맹학생을 있는 그대로 받아들인다. 그들이 불쌍하기 때문에 청소를 면제해 주지는 않는다. 그리고 숙제를 하지 않으면 혼을 낸다. 그래도 학부모가 시비를 걸지 않는다. 특별하게 보지 않기 때문에 행복한 것이다.

장애인은 특별한 사람이 아니다. 우리 집에도 장애인이 있다. 시어머님이 중풍으로 쓰러져 장애 2급 판정을 받으셨다. 누구나 장애인이 될 수 있다. 나도 예외일 수 없다. 다만 장애인으로 살아가기 위해서는 더 큰 힘과 노력이 필요할 뿐이다.

오늘도 나는 우리 학생들에게서 삶의 방식을 배우기 위해 출근을 서두른다. 그리고 나의 마음을 비워 낸다.

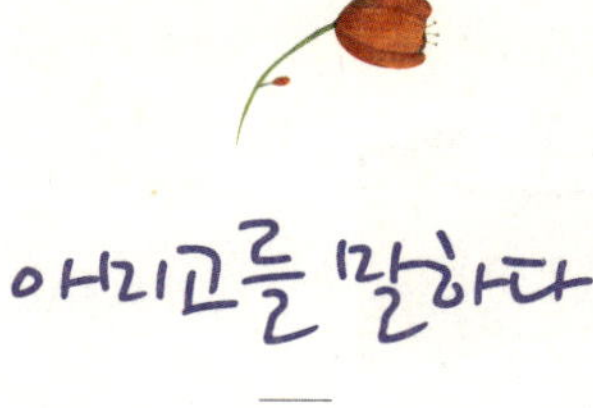

애리고를 말하다

-이대희 선생님

사막이 아름다운 것은 거기에 숨겨진 오아시스 때문이 아닐까 한다. 눈 오는 겨울 밤 아무도 걷지 않는 길을 걸어간다는 것은 새로운 세계를 향해 발자국을 만들어 가는 설렘과 두려움을 선사한다.

무언가를 새롭게 시작한다는 그 자체만으로도 즐거움을 느낄 수 있는 사람들. 하나하나의 개성이 모여 다양한 빛깔을 쏟아 내는 사람들. 바로 그들이 대전맹학교 방송부이다. 특수학교 중에서도 유달리 왕성한 활동과 다양한 도전으로 관심을 받고 있는 대전맹학교 방송부는 학생 7명과 지도교

사 3명으로 구성되었다.

2007년 계발활동 부서를 조직하는 중에 "늘 하던 것에서 벗어나 새로운 것을 만들어 학생들에게 더 많은 경험과 즐거움을 주는 부서를 만들어 보는 것이 좋지 않을까?"라는 교감 선생님의 말씀을 듣고, 우연히 방송부라면 학생들의 흥미를 끌어 낼 수 있겠다고 생각했다. 방송부야말로 아이들이 뜨거운 열정을 쏟아부을 수 있는 공간일 것 같았다.

'그래 바로 이거야! 솟구쳐 오르는 우리 학생들의 끼와 재능을 담아낼 수 있는 그것. 그것이 필요했어.'

드디어 2007년 3월 21일 방송부는 작은 몸짓으로 날갯짓을 시작했다. 우선 아이들과 모여 앞으로의 계획에 대해 이야기를 나누어 보았다. 하지만 아이들의 입에서는 어떠한 말도 들을 수가 없다. 방송이 무엇인지, 무엇을 해야 하는지조차 모르는 '어린 양'인 것이다.

'이런, 앞날이 컴컴하겠구먼…….'

지도하는 나도 어디서부터 무엇을 시작해야 하는지 감을 찾을 수가 없었다. 그래서 우선 방송의 기초라고 할 수 있는 대본을 소리 내어 바른 발음으로 읽기 시작했다. 시각장애로 인해 책 읽기가 어려운 아이들에게 정말 필요한 교육 활동이라고 생각했다. 그런데 뚜껑을 열어 보니 아이들은 지루해하고, 그 모습을 바라보는 교사들은 크게 실망했다. 다른 자극이 필요했다.

'우린 방송부이다. 이름은 방송부인데 방송부다운 일을 해야 하는데…….'

밥을 먹으면서도 길을 걸어가면서도 버스를 타고 창가로 들어오는 시원한 바람을 맞으면서도 무엇을 해야 할지, 무엇을 해야 아이들이 좋아할지, 신명 나게 놀 수 있는 것은 어떤 것들이 있을지 고민하고 또 고민했다.

마음이 복잡하고 생각의 양이 많을수록 가만히 자신을 들여다보아야 한다. 사과즙을 흔든 후 가만히 놔두면 맑은 물만 올라오듯이……. 그때 라디오에서 라디오 드라마가 흘러나왔다.

'바로 이거다! 우리도 시네마 라디오 극장을 제작해 보는

거야! 우리의 손으로 우리 아
이들과 함께.'

방향은 정했으니 달리기만
하면 되었다. 지도 선생님과
방송부 학생들과 모여 아이
디어 회의를 열었다. 라디오 극장이란 큰 기획 아래 어떤 세
부 주제로 꾸미면 좋을지 자유롭게 토론했다. 한 아이는 유
치부와 초등부 학생들을 위한 동화를 직접 라디오 극장으로
만들어 보자고 제안하고, 어떤 아이는 학생들의 사연을 받아
재미있게 꾸며 보자고 말했다.

'이건 너무 흔한 주제야. 뭔가 신선하고 공감할 수 있으면
서도 나이 많은 학생과 어린 학생들이 함께 들을 수 있는 뭔
가가 필요한데……'

문득 동료 시각장애 선생님에게 들은 말이 생각났다. 본인
이 실명한 이유는 군대에 들어갔을 때 지뢰 제거 작업 중 실
수로 폭발물이 터졌기 때문이라는 이야기. 바로 그거였다.

다른 사람들과 같은 삶을 살다가 갑자기 장애라는 선물
을 받고 새로운 삶의 길로 들어선 이야기. 만들어 낸 이야기가 아니라 실화라서 더 흥미 있고 우리 시각장애 학생들의 가슴속까지 전해질 감동이 있을 것 같아 흥분되었다. 아이들에게 무언가를 안겨 주고 아이들의 미소를 본다는 것은 얼마나 보람 있는 일인가.

실제 주인공을 만나 직접 이야기를 듣고 스토리보드를 구성해 보려고 했다. 그런데 이게 무슨 일인가? 선생님은 자신의 옛 기억을 되새기는 일을 거북해했다. 방법이 없었다. 내가 살아온 이야기가 아니라서 무작정 쓸 수도 없었고, 아이들에게 희망을 선물해 줄 수 있는 좋은 기회를 놓치기도 너무 아까웠다. 주저할 시간이 없었다. 부탁을 해야 했다. 유비가 제갈공명을 얻기 위해 삼고초려를 했듯이 나 역시 좋은 작품을 만들기 위해 세 번 네 번 쫓아다니며 이야기의 실제 주인공을 괴롭혔다.

하늘도 스스로 돕는 자를 돕는다고 했던가? 드디어 열리지 않을 것만 같았던 선생님의 입이 조금씩 열리기 시작했다. 누구나 다 똑같을 것이다. 아픈 상처를 다시 끄집어낸다는 것은 뜨거운 물에 또다시 손을 넣는 느낌이라고 할까? 기억을 꺼내는 모습이 힘들어 보였고, 이야기가 계속 진행되면서 선생님의 눈가는 촉촉해졌다.

선생님은 5남매의 넷째로 태어나 가난한 집안 환경 때문에 대학교를 포기했고, 고등학교를 졸업하자마자 군대에 들어갔다. 그런데 군대 생활이 익숙해질 무렵 폭발물 사고로 두 눈을 잃고 얼굴에 흉터가 남았다. 그 뒤 오랜 방황을 하다가 굳은 의지로 대학에 진학하고 적지 않은 나이로 졸업해 현재 대전맹학교에서 교편을 잡았다. 선생님의 이야기 하나하나에는 감히 짐작조차 하기 힘든 슬픔이 담겨 있었다. 그러나 사람은 오르막길을 거쳐 다시 태어난다고 했다. 장애라는 어려움을 이겨 내고 학생들 앞에 선 선생님은 아이들에게 희망이라는 단어를 말할 수 있어 너무 기쁘다는 말을 담담히 전했다. 선생님의 이야기를 듣는 나는 저절로 고개가 숙여졌다.

아무리 싱싱한 식재료라도 어떤 요리사가 어떻게 요리하는지에 따라 세계 최고의 진미가 될 수도 있고 평범한 음식이 될 수도 있다. 나는 어렵게 얻은 이 이야기를 어떻게 재탄생시킬 것인지를 두고 다시 고민에 빠졌다. 감정이입을 해서 내가 마치 실제 인물인 것처럼 생각도 해 보고 눈을 감으며 그 아픔도 느껴 보았다. 단순하게 종이 위의 글로만 표현하고 싶지는 않았다. 그 안에 담긴 고통과 슬픔, 역경, 그리고 희망, 이 모든 것을 담아내고 싶었다.

윤동주 시인은 한 편의 시를 쓰기 위해서 몇 달 동안 고민하고 또 고민했고, 그런 뒤에 책상에 앉아 한 시간도 안 걸려서 시 한 편을 쏟아 냈다고 한다. 나도 윤동주 시인처럼, 절대 쉽게 써 버리고 싶지 않았다. 며칠 동안 고민을 거듭한 뒤에 드디어 글을 쓰기 시작했다.

무엇보다 사실을 바탕으로 쓰는 것을 원칙으로 하되 드라마적인 요소를 살짝 넣었다. 약간 부드러운 내용이 들어가면 너무 딱딱한 내용보다 더욱 감동적이지 않을까 생각해서였다. 사랑의 요소를 삽입하고 코믹한 내용까지 넣어 보니 내용이 탄탄해 보였다. 객관적인 관점에서 작품을 바라볼 수 있도록 선생님들 몇 분께 시나리오를 보여 드렸고, 충분히 상의하고 퇴고하는 작업을 거쳤다. 물론 한 글자 한 글자가 원고에서 빠져나가는 순간에는 마치 내 살이 찢겨 나가는 기분이었지만……

그러다 보니 너무 시간이 지체되었다. 라디오 극장을 선보이기로 한 학교 축제가 2주일 앞으로 다가왔다. 시나리오를 만드는 과정에서 너무 많은 시간을 써 버린 것이다. 이제 방송부 아이들과 함께 이 시나리오대로 연기만 하면 되었다.

'너희를 믿는다.'

나는 점자와 확대 묵자로 대본을 준비하고 학생들에게 연기를 해 보라고 주문했다. 맙소사! 생각지도 못한 복병이 여기 있었다. 아이들의 연기는 연기라고 하기보다는 책을 그냥 달달 읽는 수준이었다. 더구나 점자를 읽는 친구들은 빨리 읽는 것조차 힘겨워했다. 어떻게 만든 대본인데……. 아무리 좋은 붓도 누가 쓰느냐에 따라 명필이 될 수 있고 악필이 될 수 있다는 사실을 새삼 깨닫는 순간이었다. 어쩔 수 없었다. 안 되면 되게 하고 못하면 배워서 하면 되었으니까.

그날부터 힘겨운 씨름이 이어졌다. 매일같이 대본 연습을 하고 대본을 외우는 숙제를 냈고, 복도를 가다가도 만나면 잠깐이라도 연기 연습을 하고 발음 연습부터 발성 연습까지 닥치는 대로 했다. 기숙제 학교라서 밤늦게까지 연습을 하는 날도 많았다. 그렇게 일주일간 연습을 한 후 녹음 작업에 돌입했다.

녹음 프로그램을 컴퓨터에 깔고 마이크를 연결하고 헤드셋을 준비하니 그럴듯해 보였다. 준비된 대본대로 차근차근 실행했다. 저녁 5시에 시작해 저녁 10시에 끝나는 강행군이었다. 시간도 없고 여유도 없었다. 아이들 옆에 앉아 잘하지도 못하는 연기를 보여 주면서 아이들의 내면에 잠재되어 있는 연기 실력을 깨우기 시작했다.

시간이 지나면서 아이들에게 조금씩 변화가 일어났다. 적극적으로 하지 않던 아이들이 오히려 "이렇게 하면 더 좋을 것 같은데요."라는 말을 하면서 연기에 대한 관심을 나타냈다. 연기가 끝난 뒤에도 아이들의 얼굴에 약간의 여운이 남아 있을 정도였다.

연기를 거듭하면서 아이들은 자연스럽게 자신들의 장애에 대해 생각하고 긍정적인 미래를 고민했다. 의외의 결과라서 나는 더욱 기분이 좋았다. 설명을 하지 않아도 아이들이 배울 수 있다는 것. 소리 내지 않아도 자신들의 가슴속에서 올라오는 소리에 귀를 기울인다는 것. 내겐 너무도 소중한 기억들이다.

녹음 작업을 하는 일주일은 또 다른 고민이 생겼다. '효과

음은 어떻게 만들까?' '어떤 음색이 호소력이 있을까?' '어떤 노래를 삽입해야 감동의 넓이가 넓어질까?' 생각의 덩어리가 커질수록 작품에 대한 나의 애정도 커져만 갔다. 직접 출연한 학생들의 의견도 듣고 함께 만든 선생님들의 생각을 내 머릿속에 담으면서 손에 쥐고 있던 물음표는 점점 느낌표로 변해 갔다.

먼 산을 바라보면서 걸어가면 언젠가는 그 산을 만나듯, 실제 주인공의 마지막 인사와 함께 모든 녹음 과정이 마무리되었다.

우리 학생들과 만들어 낸 작품을 먼저 방송부 아이들과 함께 들었다. 아이들은 처음에는 집중하지 않았다. 그러다 자신들의 목소리가 나오고 자신들이 연기한 장면을 들을 때마다 진지한 모습으로 경청했다. 작품을 만드는 과정에서 힘들었던 시간들을 머릿속으로 떠올리는 듯했다.

드디어 그날이 왔다. 학교 축제 중 하나의 순서로 라디오 극장이 들어갔다. 학생들과 선생님들에게 평가를 받는다고 생각하니 긴장되고 떨리기까지 했다. 마치 시험을 보듯 좋은 결과가 나왔으면 하는 생각밖에 없었다.

사회자의 소개가 이어지고 드디어 많은 노력과 시간이 들어간 방송부의 작품이 전교생과 선생님들 앞에 공개되었다. 처음에는 집중하는 사람들이 없었다. 웅성거리고 떠드는 학생까지 있었다. 게다가 음향도 잘 맞지 않아 귀 기울여서 듣기가 어려웠다. 그러나 15분이 지나고 절정에 다가가는 순간 모든 학생들이 라디오 극장에 집중했다.

중도 실명한 학생들은 마치 자기 이야기라도 되는 듯한 표정으로 공감하고, 어린 학생들은 자신의 장애에 대해 진지하게 생각하는 모습이었다. 나는 이야기의 실제 주인공이었던 손연익 선생님 옆자리에서 함께 듣고 있었는데 선생님도 말없이 눈물을 닦아 내셨다. 마지막으로 손연익 선생님의 소감 부분이 나오는 부분에서 학생 모두가 깊은 감동을 받은 것처럼 보였다. 장애 때문에 포기해야 했던 모든 것들, 장애 때문에 잃어야만 했던 것들이 자신을 부정적으로 만들기보다는 새로운 길로 안내하는 안내자가 될 수 있다는 사실을 학교 강당에 있는 모든 사람이 느낀 것이다.

라디오 극장의 막이 내리자 모든 학생과 교직원은 힘찬 박수를 보내 주었다. 왠지 가슴이 뛰고 흥분이 되었다. 뒤에서 있던 한 선생님께서 나에게 물었다.

"그런데 제목이 아미고이던데 무슨 의미예요?"

"아미고는 원주민들이 사용하는 말로 좋은 친구라는 뜻이
에요."

몇 년 후 대전시 동구에 위치한 사회 복지 시설인 효광원
을 방문했다. 찾아가는 음악회의 한 순서로 라디오 극장을
넣었다. 원했든 원치 않았든 죄를 지은 청소년들을 수용해
사회 적응 교육을 시키는 공간인 이곳에서 우리의 라디오 극
장을 또다시 들려줄 기회가 찾아온 것이다. 작은 목소리가
산을 울리듯 퍼져 나오자 라디오 극장을 듣고 있는 아이들
의 표정에는 어느새 환한 웃음과 즐거움이 꽃피기 시작했다.

첫 시작은 보잘것없었지만, 돌아보니 많은 추억을 남겼다.
누군가 뜨거운 태양 아래서 작은 나무 한 그루를 심었기에
많은 사람들이 시원하고 커다란 그늘을 누릴 수 있다. 어렵
게 나무를 심은 만큼 앞으로 우리 아이들과 방송부 나무를
잘 가꾸어서 재미있는 일을 많이 하고 싶다. 먼 산을 바라보
며 걸어가면 언젠가 그 산을 만나듯…….

너의 열정으로 하늘 소리를 울려라

-이만희 선생님

2008년 대전맹학교 예술제 '빛이 있는 밤'을 앞두고 갑작스럽게 사물놀이를 맡았다. 전통 음악에 대한 이해도 없고 사물놀이 가락이 있는 줄도 모르는 나에게 사물놀이는 근심 그 자체였다. 사물놀이에 참여하는 학생들은 고령자들이어서 각자의 사정이 많았다. 일주일에 한 번 모여서 연습하는 것도 어려웠다. 사물놀이는 흥이 있어야 하는데 듣는 사람들의 흥을 이끌어 내지도 못했다.

재창조한다는 결심으로 강사와 학생을 모두 바꾸었다. 젊은 강사와 10대 후반의 학생들로 바꾸면서 이름도 '하늘소

리'라고 짓고 동아리로 등록했다. 징, 꽹과리, 북, 장구에 흥미
와 관심도 없던 아이들을 정해진 시간에 한자리에 불러 힙
합도 아닌 전통 가락을 연습시키는 일은 지금 생각해도 어려
운 일이었다.

우선 아이들이 모이면 연습보다는 게임이나 놀이를 통해
친목을 다지게 했다. 그러면서 서로의 고민과 아픔을 나누었
다. 그러자 차츰 만나는 시간이 기다려질 정도로 아이들 간
의 관계가 발전했다.

어느새 자연스럽게 가락을 익힌 아이들은 장구, 북, 꽹과
리, 징과도 친해졌다. 각자 악기를 다루면서 나태했던 자신을
깨우고 장애로 힘들어하는 자신을 달래는 듯했다. 연습하는
소리는 흥과 가락이 담겨 있어 나를 포함한 우리 스스로를
달래는 비타민이 되었다.

연습을 아침 시간대로 옮기자 아이들 스스로 부지런한 태
도로 변했다. 연습이 있는 날은 조용했던 학교도 생기가 넘
쳐났다. 우리 학교에 전학 온 학생들이 제 발로 사물놀이 부
를 찾아오는 새로운 현상도 생겨났다.

연습 때문에 손이 까지고 피가 나면서 채는 붉게 물들었

고, 연습을 마치면 밥 수저
를 들지 못할 정도로 아팠
다. 하지만 이런 열정에 힘입
어 많은 대회에서 우수한 성
적을 거두었고, 여러 단체에
서 공연 요청을 받기도 했

다. 복지관, 소년원, 학교, 공공기관 등 어린 학생들부터 소
외계층까지, 많은 사람들이 우리 학교 사물놀이 '하늘소리'
의 웃다리 연주를 들으며 박수와 환호를 보내고 눈물을 쏟
아 냈다. 더욱 자랑할 만한 것은 제10회 전국사물놀이경연
대회 동상, 제18회 논산세계사물놀이대축제 뽐내기 부분
3위라는 놀라운 성적을 거둔 일이다. 전공자들과 함께 같은
무대에 서서 기죽지 않고 당당히 연주하는 모습에 심사하
는 분들과 관계자, 다른 경쟁 학교 학생들도 환호를 보내 주
었다.

10분 동안 신들린 듯이 북, 꽹과리, 장구, 징을 치면서 무
대 뒤로 걸어나오는 아이들 한 사람 한 사람의 어깨를 만져
줄 때 뜨겁게 달구어진 몸을 느끼고 새삼 열정을 확인했다.

그리고 아이들에게 고마웠다. 2010년 유쾌한 도전을 함께했고 행복한 추억을 남겨 준 고마운 아이들을 한 명씩 불러 보고 싶다.

악장 강민정, 멋진 이경민, 성실한 심승보, 전문가 김문희, 진지한 유재현, 예쁜 유재연, 우직한 백승우, 듬직한 김동현.

앞으로도 대전맹학교 사물놀이 '하늘소리'가 만들어 갈 신명 나는 세상을 기대해 본다.

승우와 함께한 축구 여행

-이대희 선생님

"선생님 그게 말이 돼요?"

급식실에서 밥을 먹고 있던 승우가 나에게 던진 말이다. 당연히 그럴 수밖에. 난데없이 대한민국 축구 국가대표로 터키에 가는 것에 대해 물어보았으니. 처음에 국가대표라는 말을 들었을 때는 나도 헛웃음만 나왔다.

2009년 전국장애인체육대회에서 나와 승우 그리고 대전 맹학교 축구선수 몇 명은 대전 대표 팀을 만들어 의기양양하게 출전했다. '많은 땀을 흘리고 노력을 기울였으니 3등 정도는 하지 않을까? 최소한 1승은 그냥 하겠지?' 하고 생각했

다. 결론만 말하면 첫 시합 상대인 서울 팀과 겨루어 12 대 2로 처참하게 패했다. 응원하던 관중 한 분은 울먹거리기까지 하셨다. 이어진 2010년도 전국장애인체육대회에서도 예상했던 것처럼 예선 탈락이었다. 그렇다. 우린 전국에서 꼴찌를 한 팀이다. 그런데 이런 실력을 가지고 있는 우리에게 국가대표라니 이건 어불성설이요, 영화 같은 이야기다.

"에이, 우리가 어떻게 가요? 선생님 그냥 우리 공부나 해요."

"야, 한번 해 보자. 우리도 할 수 있어. 그리고 터키에 가서 구경도 해 보자."

승우에게 해외여행은 큰 매력으로 다가왔다. 그것도 공짜 아닌가.

다행스럽게도 전국장애인체육대회에서 출전했던 경험과 나이가 어린 학생이라는 이유 등 다양한 요소가 작용해서 나와 백승우 학생은 당당하게 태극마크를 가슴에 달았다.

'2011 IBSA WORLD AND GAMES'는 전 세계의 시각장애인들이 모여 자신들의 기량을 뽐내는 대회이다. 나와 승우는 이 경기에 대한 민국 축구 국가대표로 출전했

다. 공항에서 기다리는 것부터 시작해서 비행기를 타고 기내식을 먹고 터키에 도착해서 이것저것 보는 승우를 보면서 승우에게 이번 여행이 좋은 선물이라는 생각이 들었다.

"승우야, 터키 오니까 좋지? 내 말 듣기 잘했지?"

"네, 선생님. 아시죠? 저 진행성이라 점점 시력을 잃어 가는 거요. 지금 창밖으로 보이는 모든 것들을 머릿속에 깊이 깊이 넣어 둘 거예요. 시간이 지나면 눈이 안 보이게 될 테고 그때 여행을 가 봤자 아무 소용이 없잖아요. 그래서 지금 우리가 본 풍경과 터키 사람들의 생김새를 빠짐없이 기억해 두려고요."

그 말을 듣는 순간 뭔지 모를 가슴 찡함을 느꼈다.

'미처 생각하지도 못했던 것이 있었구나.'

승우에 대한 애정이 더욱 깊어졌다.

승우와 10일 넘는 시간 동안 함께 훈련하면서 땀도 흘리고 응원도 하고 경기에도 함께 출전했다. 가슴엔 태극마크를 단 채로.

장애가 있는 교사와 같은 장애를 가진 학생이 국가를 대표해서 뛴다는 사실 하나만으로도 나와 승우는 가슴이 떨렸다. 이 대회를 통해 승우는 무엇이든 할 수 있다는 자신감을 찾았다. 그런가 하면 나는 더욱 살아 있는 교육, 숨 쉬는 교육을 해야겠다는 다짐을 새롭게 할 수 있었다.

"승우야, 네가 있어서, 너와 함께 축구를 할 수 있어서 참 즐겁다!"

부록
마음으로 보는 세상

학교에서 정말 가르쳐야 할 것
시각장애의 개념과 기본 상식
시각장애인의 공학
대전맹학교 소개

학교에서 정말 가르쳐야 할 것

-이화순 선생님

지금으로부터 약 20여 년 전 서울시 공무원 연수원에서 연수를 받을 기회가 있었다. 그때 연수를 받은 내용은 대부분 잊어버렸지만 지금까지도 기억하는 것이 한 가지 있다.

그때 강의를 하신 교수님은 전공 분야가 지리학이었다. 교수님은 미국 유학 당시에 자녀가 다니던 미국 학교의 학업성적 평가에 관해 말씀하셨다.

미국에서는 시험을 보고 난 후 성적이 발표되면 학부모를 초청하여 상담을 한다. 이 상담을 통해 학생의 문제점을 찾거나, 특기와 적성을 발견하여 진로 설정에 도움을 주는 역할을 한다. 또 적절한 조언과 격려를 통해 학생 스스로 자신을 성찰할 수 있도록 도와주는 기회로 활용한다. 학부모는 상담을 통해 교사와 신뢰를 쌓을 수 있고, 교사는 학생을 좀 더 이해할 수 있다.

교수님은 아이의 성적표를 받은 후 담임교사의 초청에 응해 학교에 갔다. 아이의 성적표에는 특이한 점이 있었는데, 음악 교과와 체육 교과의 성적이었다. 원래 아이는 만능 체육인으로 모든 종목의 운동을 잘했으며, 운동선수로도 활동했다. 반면 음악 교과에 있어서는 전혀 문외한이었고, 개인적인 과외 지도를 받은 적도 없었다. 물론 다룰 줄 아는 악기도 없었다. 특히 그즈음 학교에서 배우는 색소폰을 집에서 연습하는 바람에 모든 식구들이 짜증을 내고 있었다. 그런데도 특이하게 음악 성적은 A를 받았고, 체육 성적은 B를 받았다. 다른 과목의 성적은 차치하고라도 음악 성적과 체육 성적에 큰 의구심이 들었다.

"선생님, 우리 아이는 다룰 줄 아는 악기도 없고, 지금 배우고 있는 악기조차 제대로 연주하지 못하는 걸 학부모인 제가 잘 알고 있어요. 그런데 어떻게 우리 아이 성적이 A가 나왔는지 이해가 가지 않습니다."

이 질문에 대해 담임교사는 이렇게 말했다. "물론 그 아이는 악기를 잘 다루지 못합니다. 그리고 지금 배우고 있는 색소폰도 다른 학생보다 더 잘 연주한다고 보지 않아요. 하지만 전혀 다루어 보지 않은 악기인데도 아침 시간과 방과 후 시간까지 끊임없이 연습하는 것을 보았습니다. 뿐만 아니라 처음 시작할 때보다 실력이 매우 향상되었습니다. 제가 가르친 이후부터 지금까지 향상된 정도로 평가하였을 때 분명 A입니다."

선행 학습 없이 처음 시작한 학생의 실력을 기준으로 실력 향상 정도를 정확하게 평가한 것이다. 한편 체육 교사는 이렇게 말했다.

"분명 그 아이는 모든 운동을 다 잘합니다. 아마추어 운동선수로서 손색이 없습니다. 그러나 체육 수업을 열심히 하지 않고 게으름을 피웁니다. 그리고 연습도 따로 하지 않습니다. 처음 만났을 때의 실력과 지금의 실력이 같습니다. 향상된 것이 전혀 없습니다. 그래서 성적이 B입니다."

이런 평가를 받은 학생들은 학교 성적을 잘 받기 위해서 수업 시간에 성실하게 열심히 임해야 한다는 것을 깨닫는다. 자신이 최선을 다해 열심히 하면 그 노력을 인정받는다는 사실을 배우는 것이다. 그러므로 상대적인 박탈감으로부터 자유로울 수 있고, 우연을 기대하는 허황된 꿈을 꾸지 않는다. 이런 교훈은 자신의 노력만으로 정직하게 성공한 사람을 존경하게 만드는 초석이 된다.

그러나 우리의 현실은 어떠한가? 출발점이 서로 다를 경우, 예를 들어 미리 피아노를 배운 학생은 상대적으로 미리 배우지 못한 학생보다 언제나 음악 성적이 좋다. 그래서 자신의 노력보다는 부모의 노력이 먼저 평가되고, 재력이나 정보력 같은 부모의 노력이 학생의 성적으로 나타난다. 이런 상황에서 학생들이 스스로 어떤 노력을 기울 수 있을까? 삶의 성공과 실패는 자신의 노력과 책임 있는 선택이 아니라 자신이 선택하고 결정할 수 없었던 요인에 의해 결정된다고 생각하는 것은 아닐까? 그렇다면 지금 현재 자신의 모습에 대해서 누구에게 책임을 전가할 것인가? 부모에게, 아니면 사회에게, 아니면 자기 자신에게?

어떤 사회에서든 1등과 꼴찌는 항상 존재한다. 그런데 성실한 2등, 3등, 꼴찌에게 누가 관심을 가져 줄 것인가? 그들도 충분히 노력했고, 그들의 삶도 가치가 있다. 1등과 비교할 필요가 없는 가장 '소중한 한 개인'인 것이다. 그러나 이것을 누가 어떻게 설명할 것인가?

선행 학습 없이는 초등학교에서도 상위 성적을 기대할 수 없고, 중·고등학교에서는 더욱 심하다. 내신 관리는 학교에서, 수능 관리는 학원에서, 논술은 학습 클리닉에서 따로 분리하여 준비하는 것이 상식이 되어 버렸다. 대학생까지 학점 관리를 하기 위해 과외를 따로 받아야 할 지경이다. 자신의 특기와 재능을 계발하거나, 자신의 부족한 부분을 보충하기 위해 학원을 선택하는 것이 아니다. 혼자서 무엇을 어떻게 해야 할지 모르고 학원에 가지 않으면 불안하기 때문에 학원에 간다. 사회에 나가서도 학원에서 뭔가를 배워야 한다. 급기야는 자신의 배우자도 자신이 찾아 선택하지 못하고 결혼 중매 전문가에게 의지한다. 과연 이 문제를 어떻게 풀 것인가?

나는 대전맹학교에 오기 전 정신지체 특수학교에서 근무한 적이 있다. 그 학교에 재학하는 260여 명의 학생들 모두는 그 나름대로의 특별한 능력과 성격 특성을 가지고 있었다.

A는 지적인 능력은 많이 부족하지만 다른 사람을 배려하는 마음이 있어서 사람들의 사랑을 독차지했고, B는 질투심이 유난히 많아 자주 토라져서 친구들로부터 호감을 얻지 못했다. C는 음악에 대한 감각이 매우 뛰어나 노래를 한 번만 들으면 그대로 따라 했고, D는 컴퓨터를 이용해서 동물 캐릭터를 아주 잘 그렸다.

이 친구들도 1등을 좋아한다. 엄지손가락을 세워 "넌 노래가 최고야!" "너는 그림에서 1등이야!"라는 말을 들으면 무척이나 좋아한다. 이처럼 정신지체 특수학교라는 작은 사회 속에 있는 학생들의 모습도 아주 다양하다. 그들은 각자 자신이 가지고 있는 능력과 재능을 인정받기를 원한다. 겉모습만 보면 아무런 욕심도 없고 미래에 대한 큰 소망이 없을 것 같지만, 그런 가운데서도 자신이 인정받고 이해받고 칭찬받기를 간절히 원하는 것이다.

식물조차도 향상성(向上性)이 있다. 인간은 더 말할 나위도 없다. 누구나 잘하고 싶고, 발전하고 싶고, 칭찬받고 싶고, 인정받고 싶은 욕구를 가지고 있다. 인간은 치열한 경쟁 과정을 통해 잉태된다. 태어나면서조차 엄마의 뱃속에서 이 세상으로 나오기 위하여 최후의 마지막 힘까지 쏟아붓는다. 그리고 한 발짝을 옮기기 위해 수십 번 부딪치고 넘어지는 노력을 기울인다. 누구의 강요에 의해 하는 것이 아니다. 본능적으로 성장하고 싶은 욕구 때문이다.

교육의 궁극적인 목표는 더 이상 교사가 없어도 스스로 배울 수 있고 필요한 것이 무엇인지 선택할 수 있도록 스스로를 책임지는 인간으로 성장시키는 것이다. 그렇게 하기 위해 더는 1등을 향한 소모적인 무한 경쟁에 학생을 내몰 수 없다. 한 사람 한 사람 특별한 존재로 존중하고, 학생들의 노력을 정당하게 평가하며 사회에 대한 신뢰와 이웃에 대한 배려, 그리고 책임감을 가르쳐야 한다. 이를 위해 우리 모두가 지혜를 모아야 한다. 이것이 바로 우리가 학교에서 진정 가르쳐야 할 가치이기 때문이다.

시각장애의 개념과 기본 상식

이 자료는 시각장애인에 대한 정안인의 올바른 인식 제고를 위해 마련한 것이다. 이를 통해 그릇된 편견의 벽이 무너지고 친절과 사랑으로 서로 돕는 따뜻한 사회가 되기를 간절히 바란다.

(1) 시각장애의 정의

시각장애는 각막, 수정체, 망막, 안근, 시신경 등 눈의 각 부위에 나타나는 구조 및 기능상의 장애를 포괄적으로 나타내는 말이며 안경 등으로 교정 가능한 경우는 여기에 포함되지 않는다. 시각장애에 대한 용어로서, 시각손상(visual impairment)과 시각불능(visual disability), 시각장애(visual handicap) 등이 혼용된다. 시각손상은 눈의 구조나 조직의 결함을 뜻하고, 시각불능은 시기능의 불능 또는 손상으로 인해 제한이 생긴 것을, 시각장애는 손상이나 불능으로 지적, 심리적, 신체적, 사회적, 직업적 분야에서 손상을 입은 개인이 불리한 상태에 놓여 있는 것을 의미한다. 따라서 시각 손상이나 시각불능은 개인적인 것이며, 시각장애는 사회적인 것이다. 손상으로 인한 불능은 시간과 공간을 초월하여 개인에게 존재하지만, 장애는 시대와 사회, 문화의 발전 정도에 따라 달라질 수도 있다.

시각장애는 시력(visual acuity)의 감소 정도, 시야(visual field)의 제한 정도, 색시(color vision)의 소생 정도와 안근의 운동 불균형에 의한 시기능의 정도 등을 준거로 결정한다.

법적 정의로서의 맹은 두 눈의 교정시력이 0.04 미만인 경우이고, 저시력은 0.04 이상 0.3 미만의 교정시력이 있는 경우이다. 우리나라는 2008년에 개정된 장애인복지법 시행규칙 별표 1에 시각장애인의 등급을 다음과 같이 규정한다.

등급	정의
제1급	• 좋은 눈의 시력(만국식 시력표에 의하여 측정한 것을 말하며, 굴절 이상이 있는 사람에 대하여는 교정시력을 기준으로 한다)이 0.02 이하인 사람
제2급	• 좋은 눈의 시력이 0.04 이하인 사람
제3급	• 좋은 눈의 시력이 0.08 이하인 사람 • 두 눈의 시야가 각각 주시점에서 5도 이하로 남은 사람
제4급	• 좋은 눈의 시력이 0.1 이하인 사람 • 두 눈의 시야가 각각 주시점에서 10도 이하로 남은 사람

| 제5급 | • 좋은 눈의 시력이 0.2 이하인 사람
• 두 눈의 시야를 1/2 이상 잃은 사람 |
| 제6급 | • 나쁜 눈의 시력이 0.02 이하인 사람 |

그러나 위의 정의는 다음과 같은 문제점이 있다.

첫째, 제1급에서 시력을 '만국식 시력표에 의하여 측정한 것'이라는 표현은 만국식 시력표가 실제로 존재하지 않기 때문에 잘못된 것이다.

둘째, 제3급 #2에서 '두 눈의 시야가 각각 주시점에서 5도 이하로 남은 사람'이란 규정에서 두 눈의 시야 중 넓은 쪽 눈의 시야를 측정하는 것이기 때문에 '두 눈'이란 말은 잘못된 것이다. 또한 다른 나라에서는 최하 10도를 기준으로 하기 때문에 '5도'는 적절하지 않다.

셋째, 제4급 #2에서 '두 눈의 시야가 각각 주시점에서 10도 이하로 남은 사람'이란 규정도 위와 같은 이유에서 부적절하다.

넷째, 제5급 #2에서 '두 눈의 시야를 1/2 이상 잃은 사람'으로 규정하고 있으나, 미국에서는 가장 넓은 쪽의 시야 20도 미만을, 유럽의 여러 나라에서는 10도 미만을 기준으로 정하고 있는 사실을 감안할 때, 1/2과 같이 넓은 시야를 장애로 보는 것은 잘못되었다.

다섯째, 제6급에서 '나쁜 눈의 시력이 0.02 이하인 사람'이라고 규정하는데, 이 규정에 의하면 다른 한쪽 눈이 정상인 사람도 시각장애인에 해당된다. 그러나 미국을 비롯한 외국에서는 '좋은 쪽 눈의 교정시력이 0.3 미만인 자'를 저시력인으로 정의한다. 제6급은 우리나라에서만 시각장애인에 포함시키고 있어 제도상의 개선이 요구된다.

여섯째, 시력을 2배수식으로 등급화하여 6등급으로 세분하는 것은 세계적으로 유래가 없다. 시력은 수치가 같아도 시각장애 원인과 시기에 따라 시기능이 다양하므로, 기능 시력이 더 중요하다

교육적으로는 확대문자나 보조공학기구를 주요 학습 매체로 하여 시력을 학습에 활용할 수 있으면 저시력이라고 하고, 점자를 주요 학습 매체로 활용해야 하면 맹이라고 한다. 또한, 교육에서는 5~7세 사이나 그 이전에 실명한 경우를 선천맹, 7세 이후에 실명한 경우를 후천맹으로 규정한다.

(2) 시각장애인의 심리적 특성

시각장애인의 심리적 특성은 시각장애의 원인, 정도, 시기에 따라 다르기 때문에 이러한 요인을 고려하여 시각장애인 개인에게 적용해야 한다. 따라서 시각장애인이 일률적으로 같은 심리적 특성을 가졌다고 보는 것은 큰 잘못이다.

시각장애인이 성격 부적응을 유발하는 것이 있다면, 그 원인은 시각장애 그 자체에서 비롯된 것이 아니라 시각장애에 대한 부정적인 태도에 의한 것으로 볼 수 있다. 실러(Siller)는 시각장애인들에 대한 비장애인들의 태도를 7가지로 분석하여 설명했다.

> 가) 접촉 시 긴장감: 맹인을 처음 만날 때, 어떻게 대해야 할지 모르기 때문에 긴장감을 느낀다.
>
> 나) 친교 거부: 자신이 맹인과 친교를 거부하는 것은 물론 맹인과 친구 관계, 특히 가족 관계를 맺는 사람을 비정상적이라고 생각한다.
>
> 다) 일반화된 거부: 맹인에 대한 어떠한 지식도 없으면서 통합을 반대하고 분리를 주장한다.

라) 권위주의적 미덕: 실명 때문에 맹인은 이상한 성격을 가졌거나, 어느 분야에서는 천재적인 재능이나 마력을 가졌다고 믿는다.

마) 정서적 결과의 추론: 맹인은 우울하고, 동정을 바라며, 심술궂고 예민한 사람이라고 추측한다.

바) 불행과 동일시: 실명을 '죄'나 '처벌'과 동일시한다.

사) 기능적 제한성: 맹인은 기능적 제한성을 갖고 있어서 훌륭한 부모, 남편, 아내, 전문적인 직업인이 될 수 없다고 믿는다.

이에 대해 실러와 그의 동료들은 장애인에 대한 긍정적인 태도 세 가지를 제시했다.

첫째, 친절: 중립적인 위치에서 과장되고 호의적인 것에 이르기까지의 친절한 태도.

둘째, 동정: 장애인의 고통을 감소시키려는 희망을 가지고 좋은 결과를 위하여 노력하는 태도.

셋째, 장애를 인간적이고 동등한 입장에서 보려는 태도: 일반인들이 우월감을 갖지 않고, 장애인도 인간으로서 동일한 욕구와 능력을 갖고 있다고 믿는 태도.

이와 같이 시각장애인에 대한 태도는 동정심, 죄에 대한 처벌, 무기력, 거부 등인데, 그 근원은 문화와 종교에 기인한다. 이러한 태도는 시각장애인의 심리에 영향을 미치기도 한다. 그러나 시각장애인을 대하는 태도나 장애 정도, 시기, 원인이 시각장애인의 독특한 성격을 형성한다고 볼 수는 없다. 따라서 시각장애인의 심리적 특성은 따로 존재한다고 볼 수는 없다.

(3) 시각장애인을 대할 때의 에티켓

가) 시각장애인과 동행할 때에는 팔을 내주어 자신의 팔꿈치 윗부분을 잡게 한 다음 반보 정도 앞장서서 걷는 것이 좋다.

나) 시각장애인이 지하철이나 버스를 탈 때에는 손을 승강구 난간이나 문의 손잡이에 닿게 해 주면 된다. 좌석에 앉을 경우에는 본인 손으로 의자를 만지게 해 주어 의자가 있

는 장소나 방향을 알 수 있게 한다.

다) 안내견은 시각장애인의 보행을 위해 꼭 필요한 존재로서 고도로 훈련된 세계적 명품종이다. 따라서 시각장애인이 안내견을 동반하여 공공장소나 음식점 및 버스 등을 이용하는 것을 거부하거나 당황하는 태도를 나타내서는 안 된다.

라) 출입문은 닫거나 완전히 열어 놓는 것이 좋다. 또 시각장애인이 통과하는 길이나 복도에 평소와 다른 물건을 놓아두지 않도록 해야 한다.

마) 시각장애인에게 위험한 물건은 가급적 가까이 두지 않도록 하며, 불가피한 경우에는 그러한 물건이 있다는 것을 정확히 알려 주어야 한다.

바) 방향과 장소를 알려 줄 때에는 시각장애인의 위치를 기준으로 하여 전, 후, 좌, 우 그리고 몇 미터 몇 걸음인지 가급적 정확히 알려 주어야 한다.

사) 시각장애인도 정안인과 마찬가지로 대중문화에 취미를 갖고 있다. 시각장애인과 TV, 영화, 연극 등을 볼 때에는 대화 없이 진행되는 부분에 대해서 낮은 목소리로 중요 장면을 자세히 설명해 주면 좋다.

아) 시각장애인은 방향감각을 잃기 쉬우므로 길을 횡단할 때에는 똑바로 걷고 비스듬히 걷지 않도록 해야 한다.

자) 시각장애인이 흰지팡이를 짚고 길을 횡단할 때, 모든 차량은 일시 정지하거나 안전거리를 유지한 채 서행해야 한다.

차) 시각장애인에게 개인적인 문서를 읽어 줄 때는 항상 시각장애인의 사생활을 존중해야 하며, 우편물을 읽어 주기 전에 발신인을 알려 주고 그것을 개봉해도 되는지 물어보는 것이 바람직하다.

카) 손으로 시계를 만져 보거나 점자를 읽는 일 등 시각장애인에게 흔히 있을 수 있는 일에 대해 지나치게 놀라거나 감격해하는 태도는 바람직하지 않다.

타) 시각장애인은 모두 음악가나 안마사, 점술가라고 생각해서는 안 되며, 시각장애인은 모두 뚱뚱하거나 검은 안경을 쓰고 있다는 식의 편견도 옳지 않다.

파) 시각장애인과 식사를 할 때에는 메뉴를 가격과 함께 설명해 주고 각각의 음식 위치를 시계 방향으로 정확하게 가르쳐 주면 좋다.

하) 시각장애인이 있는 장소에 들어올 때는 몇 마디 말을 하면서 들어오는 것이 좋다. 그리고 시각장애인을 만날 때나 헤어질 때에는 악수를 하거나 이름을 부르며 인사를 하는 것도 좋은 방법이다.

거) 여럿이 있는 장소에서 한 사람에게 말을 할 때에는 상대의 이름을 불러 지적을 한 후 확실한 말로 대화해야 한다.

너) 시각장애인과 함께 있는 곳에서는 상대가 눈이 보이지 않는다고 하여 함부로 몸가짐을 하거나 정안인들끼리만 손짓으로 의사소통을 하는 등의 행동을 해서는 안 된다.

(4) 흰지팡이

흰지팡이는 시각장애인의 상징이며 보행도구이다. 시각장애인은 아득한 옛날부터 지팡이를 사용했다. 우리나라에서도 일찍부터 맹인들이 지팡이를 짚고 다녔기 때문에 맹인을 '지팡이 장' 자에 높임말인 '님'을 붙여 '장님'이라고 부르게 되었다는 주장도 있다. 과거에 시각장애인은 짧고 단단한 지팡이를 사용했다. 이러한 지팡이는 다른 사람에게 자신이 보행한다는 것을 알려 주고 범퍼 역할과 탐색 역할을 했다.

제2차 세계대전 이전에는 영국과 미국에서 맹인인 가정방문 교사가 시각장애인들에게 보행을 가르쳤다. 맹인 가정방문 교사는 자신이 즐겨 사용하는 방법을 가르쳤다. 이 방법은 집 안에서 보행하는 데는 별문제가 없었으나 안내자 없이 복잡한 도시에서 보행할 때에는 적당하지 않았다.

1943년 벨리 포지 군병원(Valley Forge General Hospital)에서 리처드 후버(Richard Hoover)가 처음으로 흰지팡이 사용법을 고안하여 가르쳤다. 그의 지팡이는 다른 지팡이보다 길고, 흰색이었다. 이때부터 보행 교육이 발전하기 시작했다. 1952년에는 영화 〈긴 지팡이(Long Cane)〉가 상영되어 일반 대중에게 큰 관심을 불러일으켰고, 그 후 1964년에 미국 원호청은 지팡이의 표준을 정했다.

시각장애인이 사용하는 지팡이에는 정형 지팡이, 접는 지팡이, 긴 지팡이 등이 있다. 지팡이의 재료는 나무, 철, 파이버글라스, 알루미늄, 쥬라늄, 플라스틱 등 여러 가지이고, 지팡이의 길이는 보행자의 키, 보폭, 반응 시간, 속도에 따라 다르다.

우리나라에서는 한국시각장애인복지재단에서 지팡이를

제작하고 있는데, 재료는 비행기를 만들 때 쓰는 두랄루민이며, 길이 100센티미터에서 135센티미터 사이의 7종을 제작·보급하고 있다.

(5) 실명 예방을 위한 일반 상식

모든 질병은 발병하기 전에 이를 미리 예방하는 것이 가장 바람직하고, 일단 질병이 생기더라도 조기에 대책을 세우면 피해를 최소한으로 줄일 수 있다. 실명의 경우에도 현대 의학의 힘을 빌린다면 약 50퍼센트 이상 실명 예방이 가능하다.

다음과 같은 증상이 나타날 때는 즉시 안과 병원에 내원하여 정확한 진찰을 받도록 해야 한다.

- 눈이 계속해서 충혈될 때
- 눈이 계속해서 불편하거나 아플 때
- 시력장애가 있을 때
- 근거리 또는 원거리 시력 이상이 있을 때
- 안개 긴 날씨처럼 흐려 보이거나 불빛 주위에 달무리

현상이 보일 때

- 주변 시야가 좁아지거나 시야 일부가 결손되어 보일 때

- 계속적으로 물체가 이중(복시)으로 보일 때

- 눈앞에서 거미줄이나 날벌레 같은 것이 떠다니는 현상
  이 나타날 때

- 사시 현상이 있거나 밤에 고양이 눈같이 빛이 반사되
  어 보일 때

- 눈 또는 눈꺼풀에 전에 없던 덩어리 같은 것이 만져지
  거나 커질 때

- 투명한 검은자위(각막)에 혼탁이 생길 때

- 눈물 또는 분비물이 계속 나올 때

시각장애인의 공학

점자는 시각장애인들의 대표적인 의사소통 수단으로 널리 활용되어
왔다. 그러나 전통적인 점자는 부피가 크고, 오래 보관하면 변질되기
쉬우며, 제작과 복사가 어렵다는 점으로 인해 시각장애 학생의 학습
매체로 활용하기가 어렵다. 이러한 어려움을 최소화하는 방법 중의 하
나로 공학기기의 활용을 들 수 있다. 현재 국내에서 시각장애인의 정보
접근과 학습 및 의사소통을 위해 사용되고 있는 공학매체로는 휴대용
점자정보단말기와 저시력인용 확대 독서기가 있다. 또한 소프트웨어로
는 화면의 내용을 음성으로 출력해 주는 화면읽기 프로그램 등이 있
다. 그 밖에 점자 프린터와 2차원 바코드기인 '보이스아이' 및 데이지용
휴대용 독서기기 등이 널리 활용되고 있다.

(1) 시각장애인용 공학매체

가) 점자정보단말기

점자정보단말기는 미국과 유럽 등지에서 전자점자(elec-
tronic braille display)로 불리는 시각장애인용 휴대용 전자
입출력장치를 말한다.

2000년 국내에서도 ETRI의 시제품 개발에 이어 중소기
업 차원의 시각장애인용 점자정보단말기 개발이 시작되었다.
2003년에는 전국 시각장애 학교에 600대의 점자정보단말기
인 '브레일 한소네 I'이 보급되었고, 2007년에는 업그레이드
된 '브레일 한소네 II'가 수업 장면에 널리 활용되었다. 최근

에는 수요자의 요구에 맞게 '브레일 한소네 LX' '브레일 한소네 QX' 및 '브레일 센스' 등의 제품이 개발되었다. 그 밖에 지난 2006년부터는 한글 기능이 내장된 오스트레일리아 산 'Braille Note' 제품이 도입되어 활용되고 있다.

나) 점자프린터와 점역 소프트웨어

컴퓨터에 입력된 내용을 점자로 출력하려면 점자프린터가 필요하다. 점자프린터는 개인용과 출판용 두 종류가 있다.

개인용 점자프린터에는 ET Braille, Everest, Braill Express 등이 있으며, 출판용 점자프린터에는 Braillo 400, Braillo 200 등이 있다.

다) 화면 읽기 프로그램

시각장애인은 컴퓨터에 저장된 자료나 화면에 나타나는 정보를 읽을 수 없기 때문에 이를 읽어 주는 화면 읽기 프로그램(screen reader program)이 필요하다.

우리나라에서 시각장애인이 컴퓨터를 본격적으로 사용하게 된 것은 화면 읽기 프로그램이 개발되면서부터였으며, 화면 읽기 프로그램의 개선 정도에 따라 시각장애인의 컴퓨터 사용 범위도 크게 확대되었다.

윈도우즈용 화면 읽기 프로그램에는 드림보이스, 이브, 센스리더 등이 있으며, 현재 우리나라에서 가장 널리 사용되는 화면 읽기 프로그램은 2004년에 개발된 센스리더이다.

만약 자신의 자녀가 잔존 시력으로 모니터 화면을 활용할 수 없다면 화면 읽기 프로그램을 설치하여 음성 지원을 통해 컴퓨터를 활용하도록 해야 한다.

현재 '드림보이스'는 서울의 실로암 복지관에서 무상으로 보급하고 있으며, '센스리더'는 유상으로 판매되고 있다.

라) 보이스아이(2차원 바코드기 '보이스아이')

보이스아이는 2차원 바코드인 보이스아이 심볼이 인쇄된 출판물의 정보를 인식하여 음성으로 출력해 주는 장치를 말한다. 세계 최초로 우리나라에서 개발된 기기로 PC용과 휴대용이 있다. 간단하게 해당 페이지의 내용을 바코드화해 출판물의 우측 상단에 출력해 놓으면 보이스아이를 통해 음성이나 파일로 변환할 수 있다. 그 밖에 최근에는 옷의 색깔이

나 지폐는 물론 물품에 붙어 있는 상품 바코드까지 음성으로 읽어 주는 제품이 출시되어 있다.

마) 확대 독서기(ACROBAT LCD)

확대 독서기는 저시력 학생이 문자를 읽을 수 있도록 확대해 주는 장치를 말한다.

현재 대표적인 탁상용 확대 독서기인 스마트뷰와 센스뷰, 머린 LCD 등이 일선 학교에 보급되어 있고, 일반 모니터를 연결하여 사용할 수 있는 실물 화상기도 사용되고 있다.

바) 휴대용 확대 독서기(포켓 센스뷰)

광학 기술의 발달과 함께 휴대가 간편한 소형 확대 독서기도 개발되고 있다.

현재 국내에 보급된 휴대용 확대 독서기로는 포켓용 센스뷰, 포켓뷰어, 반디, 네모 등이 있다. 일선 맹학교에서도 저시력 학생들에게 개인적으로 대여하여 널리 사용 중이다.

이와 같은 저시력용 확대 독서기를 활용하기 위해서는 먼저 안과 전문의로부터 정확한 진단을 받은 후 확대 독서기

업체를 방문하여 자신이나 자녀에게 맞는 제품을 고르도록 해야 한다.

사) 휴대용 독서기기(책마루)

전통적으로 시각장애인의 정보 접근과 독서용 기기로는 녹음기와 오디오북 등이 주로 사용되었다. 그러나 아날로그 기기가 쇠퇴하고 디지털 기술이 널리 보급되면서 다양한 방식의 시각장애인용 독서기기가 보급되었다.

유럽과 일본 등에서 시각장애인의 독서용 포맷으로 데이지(DAISY) 기술이 채택됨에 따라 우리나라에도 2000년대 초 플렉스토크(Plextalk)라는 데이지 플레이어가 보급되었으며, 최근에는 국내 기술로 자체 개발한 '책마루' 'df-r'과 같은 휴대용 독서기기가 활발히 보급되었다.

(2) 유용한 홈페이지

인터넷과 모바일 기반의 웹 서비스가 보편화됨에 따라 시각장애인의 접근이 가능한 소리도서관들이 속속 개발되고 있다.

한국시각장애인복지재단에서는 기존 녹음테이프와 점자를 위주로 한 도서 대출 서비스 외에 인터넷 홈페이지를 통한 소리도서관(소리책)을 운영하고 있다, 한국시각장애인연합회에서는 소리도서관 및 드라마, 영화 등의 화면해설 방송 다시 보기 등의 서비스를 제공하고 있다.

기관명	지역	개관년도	소속	주소
소리책	서울	2003	한국시각 장애인연합회	www.sori.or.kr
소리샘	서울	2005	한국시각장애인 연합회	www.sorisem.net
온소리	서울	2006	하상 장애인 복지관	www.onsori.or.kr
웰 북	경북	2007	경북 점자도서관	www.welbook.or.kr
누리샘	대전	2008	대전맹학교	lib.djschool.sc.kr
LG상남도서관	서울	2007	LG복지재단	voice.lg.or.kr
사이버 방송센터 MAC	서울	2008	한국시각장애인 연합회	www.kbumac.or.kr
점자네 소리골	경남	2010	경남점자정보 도서관	www.gnbl.or.kr

한편 대전맹학교에서는 2008년 우리나라 맹학교 가운데 최초로 자체 구축한 인터넷 소리도서관(누리샘)을 통해 시각

장애 학생을 위한 학습 및 교양도서를 mp3로 녹음하여 제
공하고 있다.

대전 맹학교 소개

21세기 시각장애 교육의 중심 대전맹학교에서는 다음과 같은 서비스를 완비하고 시각에 어려움을 겪고 있는 학생 여러분들을 돕기 위해 노력하고 있습니다.

최첨단 장비를 구비한 전국 최고 시설

▸ 2010년 2월 이료전문학관 개관

▸ 최첨단 공학기 무상 대여

쾌적한 시설

▸ 체력단련실, 독서실, 상담실, 세탁실, 개별 욕실 등 최상의 교육 시설

특화프로그램

▸ 대학 진학을 위한 진학반 운영

▸ 이료 전문학사 제도를 통한 인재 양성

▸ 직업재활을 통한 능력 있는 사회인 양성

저지력지원센터 운영

▸ 일반학교에서 어려움을 겪는 저시력 학생을 대상으로 한 저지력지원 센터 운영

▸ 저시력용 확대 교과서와 전문 교육 장비 지원

과정별	모집 정원	수업 연한	학급수	지원자격	비 고
유치원	4	1~3	1	• 만 3세 ~ 만 5세 사이의 맹·저시력(약시) 아동	
초등학교	6	6	1	• 맹·저시력(약시) 적령아동 및 취학 유예 아동	
중학교	6	3	1	• 초등학교 졸업(예정) 및 동등 자격이 있는 맹·저시력(약시), 중도 시각장애인 포함	
고등학교	14	3	2	• 중학교 과정 졸업(예정) 및 동등 자격이 있는 맹·저시력(약시), 중도 시각장애인 포함	각 과정, 공히 편입생 약간명 모집
이료 재활과정	14	2	2	• 고등학교 과정 졸업(예정) 및 동등 자격이 있는 맹·저시력(약시), 중도 시각장애인 포함	
전공과	10	3	1	• 맹학교 고등학교과정 졸업(예정)자 • 고등학교 과정 졸업(예정) 및 동등 자격이 있고, 안마사 자격증을 소지한 자 • 고등학교 졸업 이상의 자격을 가지고 2009년 안마사 수련원 수료 예정자	

대전시 동구 가오동 은어송로 95 대전맹학교
TEL 042) 285–5002~5
FAX 042) 285–5010

인간은 누구나 최고의 환경에서 교육받을 권리가 있으며,
시각의 장애가 이러한 권리를 침해할 수는 없습니다.
대전맹학교는 학생 여러분들의 이러한 권리가 보장될 수 있도록
최선을 다하고 있습니다. 궁금하거나 학습에 어려움이 있는 경우
언제든지 저희와 상의해 주시면 유용한 정보를 얻으실 수 있습니다.

보이지 않아도 꿈이 있습니다

펴낸날	초판 1쇄 2012년 2월 27일
	초판 3쇄 2014년 6월 27일

지은이	최규붕, 이화순, 김두선, 문성준, 송미경, 이만희, 이대희, 김민선
	김정희, 배응호, 이민정
펴낸이	심만수
펴낸곳	(주)살림출판사
출판등록	1989년 11월 1일 제9-210호

주소	경기도 파주시 광인사길 30
전화	031-955-1350 팩스 031-624-1356
기획·편집	031-955-4667
홈페이지	http://www.sallimbooks.com
이메일	book@sallimbooks.com

ISBN   978-89-522-1741-7   03800

※ 값은 뒤표지에 있습니다.
※ 잘못 만들어진 책은 구입하신 서점에서 바꾸어 드립니다.